MYSTIC LIGHTHOUSE MYSTERIES

双子《ふたご》探偵《たんてい》ジーク＆ジェン ④

消えたトラを追え！

ローラ・E・ウィリアムズ／石田理恵訳

ハリネズミの本箱

早川書房

〈双子《ふたご》探偵《たんてい》ジーク＆ジェン④〉

消えたトラを追え！

THE MYSTERY OF THE MISSING TIGER

by

Laura E. Williams

Translated by

Rie Ishida

First published 2006 in Japan by

Hayakawa Publishing, Inc.

This book is published in Japan by

arrangement with

Scholastic Inc.

557 Broadway, New York, NY 10012, U.S.A.

through Japan Uni Agency, Inc., Tokyo.

さし絵：モリタケンゴ

シェリル、ジョン、マット、
そしてジョシュに捧《ささ》げます。

もくじ

登場人物《とうじょうじんぶつ》

ジーク＆ジェン

11歳の双子《ふたご》のきょうだい

ビーおばさん

ジークとジェンのおばさん。

ミスティック灯台《とうだい》ホテルの主人

ウィルソン刑事《けいじ》

ミスティック警察《けいさつ》の元刑事

サーカスの人々

テラ
猛獣使《もうじゅうつか》い

ピエール
団長《だんちょう》

ミッチェル
子どもの道化師《どうけし》

ザンビーニさん
空中ブランコ乗り

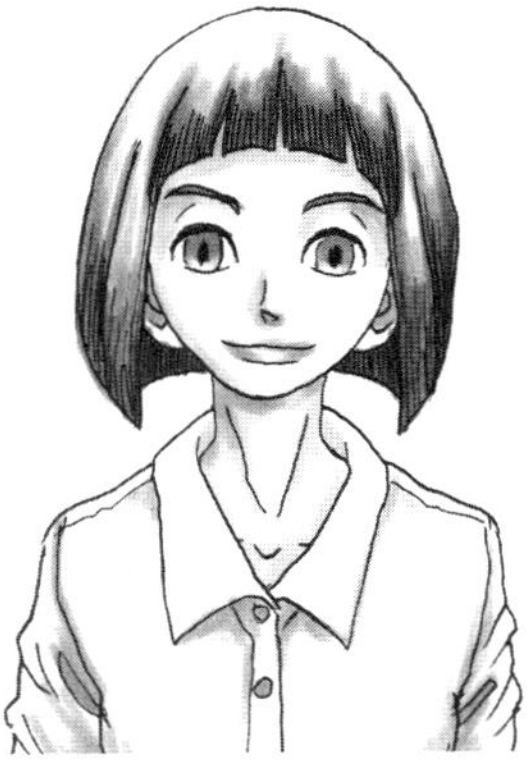

ワトソン先生

ジークやジェンの理科の先生

リチャーズさん

灯台《とうだい》ホテルの客

トミー

ステイシー

ジークとジェンの親友

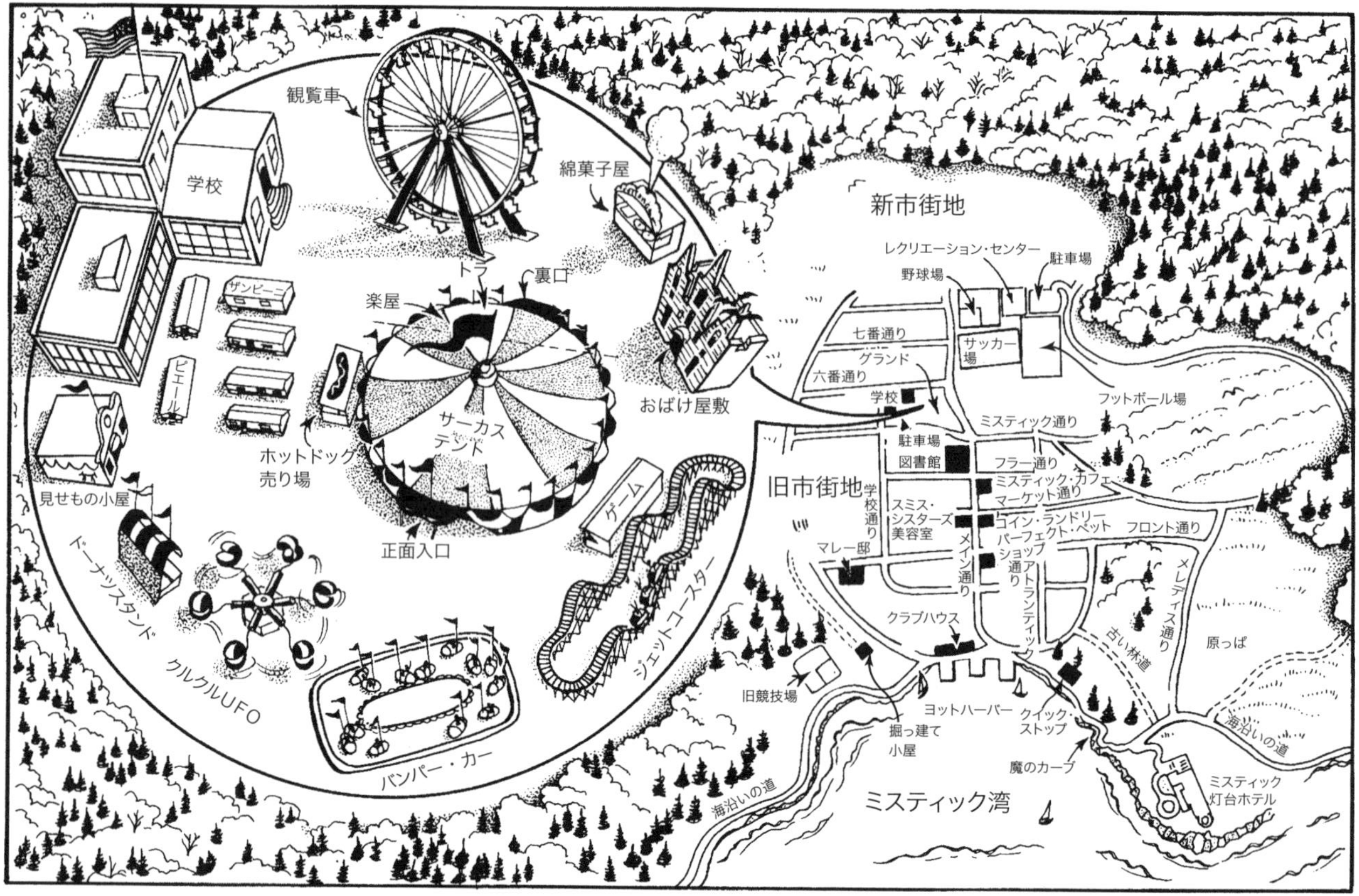
観覧車
学校
綿菓子屋
新市街地
ザンビーニ
ピエール
トラ
裏口
楽屋
サーカス
テント
ホットドッグ
売り場
正面入口
おばけ屋敷
見せもの小屋
ドーナッツスタンド
クルクルUFO
ゲーム
ジェットコースター
バンパー・カー
レクリエーション・センター
駐車場
野球場
七番通り
グランド
サッカー場
六番通り
学校
フットボール場
ミスティック通り
駐車場
図書館
フラー通り
ミスティック・カフェ
マーケット通り
旧市街地
学校通り
スミス・シスターズ美容室
コイン・ランドリー
パーフェクト・ペット
フロント通り
マレー邸
メイン通り
ショップ通り
アトランティック
メレディス通り
クラブハウス
古い林道
原っぱ
旧競技場
ヨットハーバー
クイック・ストップ
掘っ建て小屋
海沿いの道
魔のカーブ
ミスティック湾
ミスティック灯台ホテル
海沿いの道

読者のみんなへ

『消えたトラを追え！』へようこそ。この謎《なぞ》を解《と》くのはきみだ。犯人《はんにん》に結《むす》びつく手がかりは話の中にかくされている。巻末《かんまつ》にある「容疑者《ようぎしゃ》メモ」を使ってみよう。必要《ひつよう》ならコピーを取って、あやしいと思ったことを書きだすのだ。双子《ふたご》探偵《たんてい》ジークとジェンも同じ容疑者メモを使って謎を解いていく。さあ、きみはジークとジェンよりも先に『消えたトラ』をさがしだすことができるかな。

幸運を祈《いの》る！

第一章　大テント内の大惨事《だいさんじ》！

「すごーい！」ジェンは声をはりあげた。横にいる親友ステイシーのわき腹《ばら》をこづく。サーカスははじめてなので、目をきょろきょろさせていた。紅白《こうはく》の大テントの幕《まく》がはためき、心地《ここち》よいメイン州《しゅう》の風が吹《ふ》きぬけていく。双子《ふたご》の兄のジーク、親友のステイシーとトミーといっしょに、五列目に陣《じん》取った。テント中央のほこりっぽい円形の演技場《えんぎじょう》も、ここからだとよく見える。

ジークが時計を見る。ショーが始まるまでまだ十分はある。「よかったね、早く来て」うれしそうな顔をした人たちが次から次へとテントに入ってくる様子を見て、ジークが言った。学校の仲間を見つけては手をふる。幼《おさな》い子どもたちが走って入ってくる。大きなピンク色の綿菓子《わたがし》をかかえているので顔が見えない。親たちはあわててそのあとからついてくる。

ジェンがうなずいた。「わたしたち、ラッキーよね。サーカスがミスティック小学校に来てくれたんだもの。高校生なんかきっとがっかりよ。学校が終わったら、町の反対側《がわ》から急いでかけつけなきゃいけないんだから！」

ステイシーが立ちあがって、足をのばした。

「どうしたの？」ジェンがきいた。

ステイシーは苦笑《にがわら》いを浮《う》かべ、ふくらはぎをもんでいる。金色の短い巻《ま》き毛が顔にかかる。

「きのうの試合《しあい》でボールをブロックしようとしたときに、筋肉《きんにく》を痛《いた》めちゃったみたい」

「あれはナイスセーブだったね。おかげで勝てたわ」とジェン。二人が所属《しょぞく》するサッカーチーム、ミスティック・モンスターズは、決勝戦進出《けっしょうせん》を決めたのだ。

ステイシーは腰《こし》をおろしても、まだそっと足をさすっている。「来週、出場できるといいけど。あの新しいフィールドでの初試合《はつしあい》をのがしたくないもん」きのうの試合は、古い施設《しせつ》での最後《さいご》の試合だった。次回からはどのチームも新しい競技場《きょうぎじょう》で試合をすることになる。新しいクラブハウスはとてもすてきで、シャワーや屋内《おくない》プールまである。古い運動場には今にもくずれそうな掘《ほ》っ建《た》て小屋があっただけで、道具を雨から守るのがやっとだった。

「考えてみれば、あそこでの最後《さいご》のボールを大西洋にもっていかれちゃったね」ジェンがつづけた。きのう、ジェンがけったボールがフェンスを越《こ》え、崖《がけ》から眼下《がんか》の海へところがり落ちていったのだ。

「これからはライリーコーチの指示《しじ》も聞きとれるようになる！」ステイシーは青い目をきらきらとかがやかせて言った。

ジェンは笑《わら》った。ライリーコーチの声よりも大きい音といえば、古い運動場わきの海で波が岩に砕《くだ》ける音くらいだ。嵐《あらし》が近づいていたり、風がとくに強かったりする日は、海が荒《あ》れて、ほとんどなにも聞きとれなかった。ミスティック町の生活文化課《か》も、ようやく競技場とクラブハウスを新設《しんせつ》してくれたのだ。

ジークが身を乗りだして、演技場《えんぎじょう》を指さした。「ほら、始まるよ！」

三人の道化師《どうけし》がとびはねるように演技場《えんぎじょう》にあらわれると、観客《かんきゃく》がいっせいに歓声《かんせい》をあげた。道化師たちはわざと押《お》しあったり、宙《ちゅう》がえりをしたりしながら入ってくる。

「一人は子どもみたいよ」ジェンがいちばん背《せ》の低《ひく》い道化師を指さした。青と緑の水玉模様《もよう》の衣《い》装《しょう》を着て、髪《かみ》の毛はふわふわでボリュームたっぷり、派手《はで》な緑色をしている。顔には大きく、笑《わら》っているような口が描《えが》かれ、鼻には赤と青の小さなボールをくっつけている。

この子どもの道化師は、ぴょんと逆立《さかだ》ちをすると、そのまま演技場のまわりを歩きはじめた。ほかの道化師たちが宙がえりや側転《そくてん》をしながら、楽しそうにそのそばをとびまわる。子どもの道化師が逆立ちから元の姿勢《しせい》にもどると、観客は大喜《よろこ》びで拍手《はくしゅ》した。

次に五人のジャグラーが登場した。黄色と黒の衣装を身にまとい、まるでミツバチみたいだ。蛍光《けいこう》ピンクのボールを、目のまわるような速さで四方八方に投げあっている。

「サッカーボールなら、そこそこうまくあやつれるつもりでいたのにな」ジェンは感心してため息をついた。ジェンは頭やひざ、足首を使って、ボールを落とさずに長い時間リフティングをつづけることができる。でもこのジャグラーたちはまさに天才だ。「わたしにはサーカスは無理《むり》だわ」

ジークが笑《わら》っている。「そう気を落とすなよ。そもそもビーおばさんがジェンを手放すわけないさ。ぼくだって、ホテルのそうじを手伝《てつだ》ってくれる人がいなくちゃ困《こま》るし」

ジェンはにこっとほほえんだ。二人は、二歳《さい》のときに両親が亡《な》くなってからずっと、ビーおばさんとともに暮《く》らしてきた。おばあちゃんの妹であるビーおばさんは、まさに親代わりだ。ミスティック灯台《とうだい》ホテルでの暮らしは最高《さいこう》だ。改装《かいそう》した灯台の中に部屋《へや》を作ってもらえたし、食べ物もばっちり。なにしろビーおばさんは町いちばんのコックなのだ。

とつぜん観衆《かんしゅう》が静《しず》まりかえった。背《せ》の高い、頭のはげた男の人がスポットライトの中にあらわれた。両端《りょうはし》がぴんと上を向いた、黒々としたりっぱな口ひげをたくわえている。

「ようこそ、ようこそおいでくださいました!」ぐるりとまわりながら観客を歓迎《かんげい》した。「わたくしは、団長《だんちょう》の偉大《いだい》なるピエール。ようこそおいでくださいました。この世界一すばらしいショーへ!」それから声を落とし、「あるいは、メイン州《しゅう》一すばらしいショーへ」とないしょ話のようにつけ加《くわ》えた。

観客《かんきゃく》は大声で笑《わら》った。

「本日はすばらしいショーをお見せしましょう。想像《そうぞう》を絶《ぜっ》する光景《こうけい》がみなさまのまえに広がります。人間のようにふるまう動物たち。さらには空中を縦横無尽《じゅうおうむじん》に飛《と》びまわる、華麗《かれい》なるザンビーニ一座《いちざ》！」そして両手をあげて歓声《かんせい》を静《しず》めた。「そして金曜日の夜には、ぜひもう一度お越《こ》しください……」少しあいだをあけてつづける。「猛獣《もうじゅう》使いテラが、初登場、ここでしか見られない、特別《とくべつ》で貴重《きちょう》なシベリアトラとの曲芸《きょくげい》をお見せいたします！」

きらきら光る黒いレオタードに全身を包《つつ》んだ金髪《きんぱつ》の女性《じょせい》が、演技場《えんぎじょう》の中にかけこんできた。背《せ》丈《たけ》はピエールと同じくらいだが、とてもやせている。その女の人はジェンたちのほうに向かっておじぎをした。ネコのような目をしているな、とジェンは思った。テラは血のように赤く塗《ぬ》った爪《つめ》でひっかくようなしぐさを見せ、うなるように口元をゆがませた。

「トラよりもこわそうね」ステイシーがジェンにささやいた。

ジェンはうなずいた。トラもいやだが、この猛獣使いともかかわりたくない！

テラが一礼をして演技場からはなれると、ピエールが最初《さいしょ》のプログラムを紹介《しょうかい》した。「パティのパッカパッカ馬ッコです！」

赤茶色のかわいらしい六頭の子馬が演技場《えんぎじょう》の中をぐるぐるまわり、ふさふさのたてがみにつけた鈴《すず》を音楽に合わせて鳴らすと、観客《かんきゃく》は歓声《かんせい》をあげた。そのあとの一時間はあっという間《ま》だった。次から次へとくりひろげられる演技や出し物に、観客はすっかり魅了《みりょう》された。子馬につづいて、ラッパを吹《ふ》く象《ぞう》、大きな緑のボールをネットごしに打ちあうダチョウ、十段《だん》にもおよぶ人間ピラミッドを作るアクロバットも登場した。演技の合間《あいま》には、道化師《どうけし》たちのおどけたふるまいが観客をわかせた。道化師は少なくとも七人。そのうち二人は、どう見てもジェンやジークと同じくらいの年だった。

ジェンは観客を見わたした。みんなすっかり夢中《むちゅう》になっている。笑《わら》い、手をたたき、演技場のあらゆるものを指さしている。五列ほどうしろにワトソン先生がいた。ミスティック小学校で、ジェンやジークたちに理科を教えている女の先生だ。ビニール製《せい》のハンドバッグをひざの上に置《お》いている。ワトソン先生が厳格《げんかく》なベジタリアンであることは有名だ。動物性《せい》の製品《せいひん》もいっさい使わない。ジェンはまえに、髪《かみ》の毛を染《そ》めるのも、動物実験《じっけん》をおこなわない天然《てんねん》の素材《そざい》を使っているので、思いどおりの色にならないと先生から聞いたことがある。今その髪《かみ》の毛はちょっと緑がかっている。

ジェンは先生に向かって手をふった。でもワトソン先生は体をこわばらせてすわったままだ。けわしく、むずかしい顔をして、演技場《えんぎじょう》をじっと見つめている。なんだかワトソン先生らしくない。ワトソン先生は冗談《じょうだん》がうまくて、楽しいことが大好《だいす》きな先生だ。趣向《しゅこう》をこらした実験で、理科の授業《じゅぎょう》を盛《も》りあげてくれる。先生をふりむかせることはあきらめた。でもどうしてみんなの中で、ワトソン先生だけが楽しんでいないんだろう。

ドラムロールがひびきわたった。偉大《いだい》なるピエールが丸い演技場の中央に歩みでて、手を広げ、観客《かんきゃく》を静《しず》まらせた。会場がしんとするのを待って、高らかに告《つ》げた。「お待たせいたしました。いよいよフィナーレです。あの華麗《かれい》なるザンビーニ一座《いちざ》の登場です！」

演技場の両端《りょうはし》に立てられた二本のポールにスポットライトがあたる。テントの天井《てんじょう》までとどくのではないかと思うほどの高さだ。一方のポールに男の人と十代の男の子が、その対面にあるもう一本のポールには、女の人と、男の子よりは少し幼《おさな》そうに見える女の子がのぼっていく。

「見ているだけで目がまわりそう。だれも落ちないといいけど」ステイシーがささやいた。

「ちゃんと訓練《くんれん》してるんだから」ジェンは、ブランコ乗りたちを目で追って、首をのばした。万が一の落下にそなえて、演技場《えんぎじょう》全体に安全ネットがはられていることに、かろうじて気づいた。ザンビーニ一座《いちざ》の人たちは、それぞれのポールの上部にそなえつけられたせまいブランコ台の上で、体勢《たいせい》をととのえていた。男の人と女の人はそれぞれ、台の近くに結《ゆ》わえつけられていたブランコをほどいた。男の人はその小さなブランコ——といっても二本の長いロープの先に細いバーがくくりつけられているだけのものだが——を、横にいる少年に手わたした。一方の女の人もブランコを少女にわたした。

とつぜんドラムロールがやみ、やさしいメロディーがスピーカーから流れはじめた。女の子と男の子はそれぞれブランコをつかみ、前後に大きくゆれた。少年はひざでブランコにぶらさがり、さかさまになった。女の子が大きくゆれながらバーから手をはなし、空中にとびだして、男の子がさしだした両手につかまる様子を、ジェンは息をのんで見守った。とても簡単《かんたん》そうにやってのけているが、ジェンは二人がブランコ台にもどるまで、息もできなかった。二人は大歓声《だいかんせい》にわく観客《かんきゃく》に向かって深々とおじぎをした。

ザンビーニさんが別《べつ》のブランコで、演技場《えんぎじょう》の中央へとこぎだした。足と足首をしっかりとブランコにからめ、腕《うで》を前後に大きくふっている。ブランコはひとゆれごとに高く、高くはずみがついていく。

その次に起きたことはあまりにも一瞬《いっしゅん》だったので、ジークは自分の目を疑《うたが》ってしまった。まわりからいっせいに悲鳴があがった。ロープが一本切れて、ザンビーニさんがまっさかさまに落下していくところだったのだ！

第二章　手がかりを求《もと》めて

ジークはぱっと立ちあがった。目のまえで、ザンビーニさんが安全ネットに向かって落ちていく。体じゅうに恐怖《きょうふ》が走った。

「うそでしょ！」ジェンはおどろいて息をのんだ。観客《かんきゃく》が全員立ちあがったので、まえがふさがれてよく見えない。「だいじょうぶかな？」

ピエールが演技場《えんぎじょう》にかけこんできた。道化師《どうけし》たちもいっしょだ。ネットから助けおろされたザンビーニさんは、すっくと立ちあがった。そしてみんなに手をふり、足をひきずりながら演技場をあとにすると、大きな拍手《はくしゅ》と声援《せいえん》が贈《おく》られた。ピエールはその場に残《のこ》り、今夜のサーカスは中止になると観客《かんきゃく》に告《つ》げた。でも金曜日の公演《こうえん》にはぜひもう一度来場するよう、あらためてすすめた。「それまでのあいだは、外の移動《いどう》遊園地をご堪能《たんのう》ください！」

「ネットがなければ、ザンビーニさん、死んでたかもよ」ピエールが演技場《えんぎじょう》からあわてて出ていくのを見て、トミーが言った。スポーツ刈《が》りにした茶色い髪《かみ》に手を走らせた。「腕《うで》や足を折《お》らずにすんだなんて、信《しん》じられない」

「首もね」とジーク。「運がよかったんだろうね」

ジェンはくちびるをかんだ。「とらえようによっては、運が悪かったともいえるわ」

双子《ふたご》はちらりとおたがいの顔を見た。二人はこれまで、いくつもの不思議《ふしぎ》なできごとに遭遇《そうぐう》してきた。だから今回の一件《けん》も、はたしてたんなる運なのかどうか、疑《うたが》っているのだ。

「ザンビーニさんの様子を見にいこう」なにげなくジークが声をかけた。

トミーはまゆ毛をつりあげて答えた。「そう簡単《かんたん》にはだまされないよ、デールくん」わざと名字で呼《よ》んだ。「どうせなにかかぎまわろうとしてるんだろう。でも残念《ざんねん》ながら、今回のは事故《じこ》さ。

不可解《ふかかい》なことはなにひとつない」

ジークは肩《かた》をすぼめた。「ま、そうだろうけどさ」そう言うと、にやっと笑《わら》った。「でも様子をたしかめるくらいはいいだろう？」

トミーは茶色い目をぎょろぎょろさせた。「ぼくはありもしない手がかりをさがすなんてごめんだね。おなかすいた。だれかなにか食べにいかない？」

双子《ふたご》は首を横にふった。そしてステイシーも、「ザンビーニ一座《いちざ》について記事を書かなきゃ。学校新聞にのせるの。これで一面トップはいただきだわ」と言うと、階段《かいだん》式の観客席《かんきゃくせき》を下へ向かった。「終わったらさがすわね」肩ごしに三人に声をかけた。

トミーは手をふると、テントから出る人たちの列に加《くわ》わった。ジェンとジークはイスをとびこえながらおりていき、楽屋《がくや》へと向かった。

演技場《えんぎじょう》の裏《うら》は騒然《そうぜん》としていた。出演者たちは、ど派手《はで》な衣装《いしょう》を着てうろうろしている。中にはジェンとジークのように、明らかに場ちがいな人たちもいる。

ジェンの視界《しかい》にステイシーが入ってきた。ザンビーニ一座を囲《かこ》む人だかりを押《お》しわけて、まえに進もうとしている。片手《かたて》にノートとペンを持っている。

ステイシーを追いかけようとしていたジェンを、ジークが止めた。「もうちょっと人が少なくなるのを待とうよ」

ジェンもうなずいた。二人はそのままうしろにさがった。すると鉄格子《てつごうし》にぶつかり、足を止めた。なににぶつかったのかとふりかえって、ジェンは思わず悲鳴をあげそうになった。悲鳴のかわりに息をのみ、ジークの腕《うで》をぎゅっとつかんだ。

そのつかみかたに異常《いじょう》を察《さっ》したジークも、なんなのかとふりむいた。目のまえにあったのは、白いシベリアトラの頭だった！　しかも巨大《きょだい》だ。

「おー、よしよし」と口ごもりながら、あわてて一歩はなれた。「いい子だねー」

トラはあくびをするように口を開いた。ところがとつぜん、その胸《むね》の奥深《おくふか》くからすさまじいうなり声が吹《ふ》きだしてきた。ジェンはびっくりして、よろよろとあとずさった。トラは舌《した》なめずりし、二回ほどまばたきをしたかと思うと、檻《おり》の中を三周《しゅう》した。一歩ごとに、その筋肉《きんにく》が優雅《ゆうが》に、まるでさざ波のように動く。かみつかれたら、自分の頭なんかたちまち引きちぎられちゃうだろうな。ジェンは思わず身ぶるいした。鉄の檻《おり》があってよかった！

テラがあわててかけよってきた。緑色の目がきらりと光る。「お嬢《じょう》」トラにやさしくささやきかける。「お嬢、落ち着いて」檻のすきまから手をさしこむと、巨大《きょだい》な頭をなでてやった。

ジェンとジークはすぐにその場からはなれた。檻からかなりはなれた場所に来ると、ようやく落ち着いた。「ぼく、なかなかいい猛獣《もうじゅう》使いになれそうな気がする」ジークがジェンに言った。

ジェンは片方《かたほう》のまゆ毛だけをつりあげた。ここ数カ月間練習してきたわざだ。「へえ、そう？まずはひざのふるえをどうにかしないとね」

ざわめきを超《こ》えて、ピエールの大きな声がひびきわたった。双子《ふたご》はぱっとふりむいた。「出ていけ」ピエールは女の人をどなりつけている。そのはげた頭は怒《いか》りのあまりしわが寄《よ》り、しかも真っ赤になっている。

その女の人の、へんに緑がかっている髪《かみ》には、見おぼえがあった。なんのことはない、ふりむいたその人は、理科のワトソン先生だった。こんなところでなにをしているんだろう。それにどうしてピエールはこんなに怒《おこ》っているんだろう。ジェンがその真相《しんそう》をさぐろうとするまえに、ワトソン先生の姿《すがた》は見えなくなった。

ジークはジェンを別《べつ》の檻《おり》の裏《うら》へとひっぱっていった。さいわい、子どもに食《く》らいつく猛獣《もうじゅう》がおさまっている檻ではなかった。中にいたのは、キャッキャッと声をあげる二匹《ひき》のサルだ。「ピエールに見つからないように」ジークが注意する。「まだなにも見ていないのに、追いだされたくはないからね」

ピエールがトラの檻に近づき、テラになにやら問《と》いただしている。ジークとジェンのいるところからは、楽屋のざわめきがじゃまして、二人の会話をはっきりと聞きとることができない。ジークはじりじりとまえに進んだ。もちろん体をかくす努力《どりょく》はつづけている。

「信頼《しんらい》していただくしかありません」テラの声にはトゲがある。ネコのような緑の目も細くなっている。「信じてください」

ピエールは不安そうに、片方《かたほう》のひげをひっぱりながら言った。「でも、すべてはきみにかかっているんだよ。なにがなんでも成功《せいこう》してもらわなければ。とくにこんな事故《じこ》が起きたあとだからね。さもないとすべてがだめになる」

テラはさらにするどくにらみつけている。「心配はいりません。準備《じゅんび》はととのっています。お金も手に入ります」

「そうでなければ困《こま》る！」そう言うとピエールはさっさといなくなった。

「今のはいったい、なんだったの？」ピエールに見つからないよう、人ごみの中をすりぬけるようにして移動《いどう》したところで、ジェンがジークにきいた。

ジークは肩《かた》をすくめた。「あんまりいい感じじゃなかったのはたしかだ」

人が少なくなり、ステイシーもようやくブランコ乗りたちのところにたどり着いたようだ。外の乗り物や露店《ろてん》の音に負けずに、ステイシーのかん高い、すきとおった声が聞こえてくる。

「ザンビーニさん、だいじょうぶですか？」ステイシーがきいている。

ジェンとジークは首をのばして、友だちの活動を見守った。

ザンビーニさんがうなずく。「平気さ」言葉が少しだけ外国人のようになまっている。「少し足を痛《いた》めたけど、あした医者にみてもらえばだいじょうぶだろう」

ステイシーはノートになにかを書きこんでから、顔をあげた。「ロープに問題があったんですか?」

ザンビーニさんは残念《ざんねん》そうに答えた。「確認《かくにん》するべきだったね。おそらく使いすぎで、すり切れていたんだろう。ケガをしたのが、妻《つま》や子どもたちでなくてよかった」そして横にいた奥《おく》さんを抱《だ》き寄《よ》せた。

ステイシーの質問《しつもん》はつづく。「テラとそのトラが、サーカスの目玉として注目を浴《あ》びていることについては、どう思いますか?」

ザンビーニさんの顔が真っ赤になり、一瞬《いっしゅん》、怒《いか》りをあらわにした。それでも自分を落ち着かせ、わずかに笑《え》みを浮《う》かべた。「それもどうってことないさ。華麗《かれい》なるザンビーニ一座《いちざ》は、名前のとおり、華麗で偉大《いだい》なんだ! どんなものよりもね! もう質問は終わりだ」

心配そうに見守っていた見物人もいなくなり、楽屋はすっかり人気《ひとけ》がなくなった。端《はし》のほうでは、道化師《どうけし》がまだ数人、おしゃべりをしている。ジークは物陰《ものかげ》に立派《りっぱ》な体格《たいかく》の男の人が立っているのに気づいた。はっきり見えないが、ベストつきのしゃれたスーツを着ていて、丸いおなかには懐中時計《かいちゅうどけい》の鎖《くさり》がたれさがっている。虫を払《はら》おうと右手をあげたとき、小指にダイヤモンドの指《ゆび》輪《わ》がきらきらと光りかがやいているのが見えた。

「行こうよ」ジェンの声にふりむいているあいだに、その人の姿《すがた》は消えていた。

出口へと向かいながら、ジークはできるだけザンビーニ一座《いちざ》の近くを通るようにした。

「ウィリアムがこのことを知ったら、心配するでしょうね」と奥《おく》さん。声に元気がない。目は真っ赤で、鼻をすすって涙《なみだ》をこらえている。二人の子どもたちはおかあさんからは細長い鼻を、おとうさんからはとがったあごを受けついでいるようだ。

ザンビーニさんが奥さんの肩《かた》に手を置《お》いた。「気になるのなら、電話するといいよ」そして声を落とした。「それに授業料《じゅぎょう》のことは心配いらないと伝《つた》えておけ」

ジェンはジークの背中《せなか》をつつき、もっと早く進むようせきたてた。二人が静《しず》かに出口に向かっていると、ワトソン先生の姿が見えた。物陰《ものかげ》にかくれて、だれにも見つからないように、トラの檻《おり》に近づこうとしているみたいだ。

「先生、なにをしてるのかしら?」ジェンがジークにたずねた。

「直接《ちょくせつ》きいてみようよ」とジーク。

ところが、その瞬間《しゅんかん》、ワトソン先生が二人のほうを見た。先生は顔をしかめ、外のポップコーン売り場で使うらしい、トウモロコシの粒《つぶ》がぎっしりつまった箱の裏《うら》へと姿《すがた》を消した。

「どうしてわたしたちを避《さ》けるの？」ジェンは先生を追いかけようとした。

ジークはジェンをおさえ、うしろを見るよう、頭で合図した。「先生が見たのは、ぼくたちじゃなくて、あの人だったのかも」

ジェンはふりむいて息をのんだ。ピエールが二人に向かって突進《とっしん》してくるところだった。しかも二人を怒《おこ》った顔でにらみつけている。

第三章　体が宙《ちゅう》に！

二人はピエールに追いつかれるまえに、見えないところへ向かって一目散《いちもくさん》に走った。「止まれ！」とピエールが叫《さけ》んでいる。息を切らし、ようやくサーカステントから外に出た。陽《ひ》はすっかり沈《しず》んでいた。乗り物や露店《ろてん》の明かりがきらきらとかがやいている。

「ワトソン先生よ」ジェンが指さした。「なにをしてたのか、ききにいこうよ」

二人はワトソン先生のあとを追った。追いつこうとしているのに、人がじゃまで、なかなか進めない。綿菓子《わたがし》屋の近くで、道化師《どうけし》が芸《げい》を披露《ひろう》している。それを見ようと人だかりができていて、そこまで来ると、もう完全に見失《みうしな》ってしまった。

「あした、授業《じゅぎょう》のときにきけばいいか」とジェン。「きっとわたしたちと同じように、いろいろさぐっていたのよ」そしてにこっと笑《わら》った。「それともサーカスに入りたいとか」

ジークは笑って、首をふった。「それはないだろう。それにしても、ザンビーニさんのロープになにが起きたのか、未解決《みかいけつ》のままだね。あれはたんなる事故《じこ》じゃない気がする」

「演技場《えんぎじょう》にもどろう」とジェン。「あそこに行けば、なにか手がかりが見つかるかも」

二人はサーカステントの入り口へ、こっそりとまわりこんだ。いつピエールがとびだしてくるかわからない。見つかったら、なにをしているのかと問《と》いつめられるだろうから、びくびくしていた。

「だれもいない、今がチャンス」ジークが小さな声で言った。

そしてテントの中へとしのびこんだ。だれもいない演技場はどこか不気味《ぶきみ》だ。スポットライトは消え、照明《しょうめい》も落とされている。そびえたつ空中ブランコのポールが、二人のはるか上で暗闇《くらやみ》にとけこんでいる。

楽屋の入り口は大きな青いカーテンで仕切られている。ときおりそれがはためくことはあっても、人がやってくる気配《けはい》はない。ジェンとジークは静《しず》かに演技場《えんぎじょう》に出た。地面にはおがくずがまかれ、足が埋《う》まる。二人は反対方向にぐるりと歩いて、手がかりをさがした。ジェンはパッカパッカ馬ッコの飾《かざ》りの房《ふさ》と、ジャグラーたちが使っていたピンクのボールを見つけたが、それっきりだった。

「なにかあった？」ちょうど演技場の反対側《がわ》でジークと出会い、ジェンはきいた。

ジークは首をふった。「象《ぞう》のフンらしきものくらいかな」顔をしかめるようにして答えた。「それだけさ。時間のむだだったみたいだね。ビーおばさんがむかえに来るまえに、乗り物のひとつやふたつ、楽しもうよ」

ジェンは首をふり、上を見た。「いい考えがあるわ」

ジークはジェンのあとを追って、ブランコのポールへと向かった。「なにをしようとしてるの？」

ジェンはポールについた、はしごのような横さんの一段《だん》めに片手《かたて》を置《お》いた。「上に行けば、ロープを調べられるでしょ」

「なんだって？」ジークは声をひそめることも忘《わす》れて、思わず大声を出した。ポールを見あげるだけで、くらくらする。「サルみたいに木登り上手《じょうず》だからって、これもだいじょうぶとはかぎらないよ。死んじゃうよ」

ジェンはなにも答えない。次にジークが気づいたときには、ジェンはすでに三メートルくらいの高さにいて、じりじりとのぼっているところだった。見守っているだけで、手が汗《あせ》ばんできた。「おりてこい！」と叫《さけ》びたかったが、大声を出せばかえってジェンをおどろかせてしまう。空中ブランコ台の外側《がわ》には、安全ネットはない。

ジェンは自分がどのくらいの高さのところにいるのか、考えないようにしていた。「手、足、手、足」とくりかえしとなえた。目はしっかりと上を見すえている。下を向いたら、おしまいだ。さいわい、サッカーやソフトボールで鍛《きた》えているので、体力には自信《じしん》がある。でも緊張《きんちょう》しているので、疲《つか》れるのも早い。早くてっぺんに到達《とうたつ》しないと、足がもたない。

あきらめておりようかというところで、手がてっぺんのブランコ台にかかった。慎重《しんちょう》によじのぼると、しばらくは四つんばいの状態《じょうたい》で体を休めた。

「だいじょうぶ?」ジークの声が下からただよってきた。

ジェンは深呼吸《しんこきゅう》をすると、せまいブランコ台の端《はし》から顔をのぞかせた。「だいじょうぶよ」ジークの姿《すがた》は黒っぽい影《かげ》にしか見えない。まるで何百メートルも下にいるようだ。目をつぶった。下を見ちゃだめ。そうくりかえした。

気持ちを落ち着かせ、ゆっくりと立ちあがった。空中ブランコのロープは一本のひもでまとめられ、そのひもがポールにくくりつけられている。ポールについたにぎりを片手《かたて》でつかみ、身を乗りだしてロープの束《たば》をたぐり寄《よ》せようとした。ロープはゆれるばかりで、じっくり調べようにも手元に引き寄せることができない。しかたなく、にぎりから手をはなした。

ポールがゆれたような気がした。それとも気のせい? 落ち着け、と自分に言い聞かせる。少しずつロープに体を近づける。そしておそるおそるちぎれたロープをつかみ、じっくりと観察《かんさつ》した。これは事故《じこ》なんかじゃない――ロープは切断《せつだん》されたんだ!

「おい!」下から声がした。

ジェンはおどろいてとびあがってしまった。足がすべった。あわててロープに、ポールに、なんでもいいからしがみついた……つもりだった。でも気がついたときには体が宙《ちゅう》に浮《う》いていた！

第四章　妨害《ぼうがい》

ジェンは悲鳴をあげようにも、のどがつまって声を出せなかった。空中で体が回転し、下へ、下へと落ちていく。間一髪《かんいっぱつ》、本能的《ほんのうてき》に体をひねり、ボールのように丸くなったところで、安全ネットの上に落ちた。巨大《きょだい》なトランポリンのようだ。はずむのがおさまると、ネットの端《はし》まで這《は》うように移動《いどう》し、身を乗りだして下の面をつかむと、さっとひっくりかえり、そのまま優雅《ゆうが》に着地した。

ジークはジェンにかけより、ぎゅっと抱《だ》きしめた。「ぺちゃんこになっちゃうかと思ったよ」

ジェンもジークを抱《だ》きしめた。「わたしも覚悟《かくご》したわ」まだ少しふるえながら笑《わら》った。「いったい、叫《さけ》んだのはどこのだれ？」

「ぼくさ」水玉模様《もよう》の衣装《いしょう》を着た子どもの道化師《どうけし》が言った。顔にはにっこり笑ったようなメイクをしたままだ。それでもジェンは気づいた。メイク下の顔は、怒《おこ》っているようだ。

「あそこでいったいなにをしてたんだい？」ジェンをきつく問《と》いつめる。

ジェンは思わず背《せ》すじをぴんとのばした。「ちょっと調べたいことがあったの。そっちこそだれなのよ？」

子どもの道化師はうさんくさそうに目を細めた。「調べたいことだって？」信《しん》じてはいないようだ。「ロープを切ろうとしてたんじゃないのか？」

「まさか！」ジェンが大声で言った。

「そんなことするわけないじゃないか」ジェンがまずいことを言うまえにジークが割《わ》りこんだ。

ジェンはついしゃべりすぎる癖《くせ》がある。「なにが起きたのか知りたかったのさ」

子どもの道化師はほっとしたように肩《かた》の力を抜《ぬ》くと、笑顔《えがお》になった。「ごめんよ。ザンビーニさんの事故《じこ》で、ちょっと神経質《しんけいしつ》になっちゃってて」そう言ってあやまり、ジェンのほうを向いた。「おどろかせて、ほんとうに悪かった。だれかがなにかをたくらんでいるんじゃないかと思ってさ。でも無事《ぶじ》でよかった。あ、そうそう、ぼくはミッチェル」

双子《ふたご》は自己紹介《じこしょうかい》をしながら、ミッチェルを信用《しんよう》していいものかどうか決めかねていた。

「ロープは切断《せつだん》されたんじゃないかと思って。なにしろ最近《さいきん》、へんなことがたてつづけに起きてるから」ミッチェルは正直に話しはじめた。「だからきみがあの上にいるのを見たとき、犯人《はんにん》のやつがもどってきた、と思いこんじゃったんだ。ほんとうにごめん」

ジェンは手をふってさえぎった。「気にしないで。サーカスを守ろうとしてたんだもんね」ちらりととなりを見ると、ジークもうなずいた。「それに、だれかが意図的《いとてき》にサーカスの妨害《ぼうがい》をしようとしていることは、まちがいないわ。わたし、落ちるまえにロープを見てたの。ナイフで切られたみたいで、ほとんどほつれてなかった。それにロープにはテープがくっついてたの。犯人はロープを完全には断《た》ち切らず、ちょっとだけ残《のこ》しておいて、その部分をテープでかくした、そんな感じだったわ」

「ザンビーニ一座《いちざ》の人たちに気づかれないようにね」ジークがつけ足した。

ジェンがうなずく。「そのとおり。しかも上演中《じょうえんちゅう》は観客《かんきゃく》に気を取られているから、そのときにも気づかない。気づいたときには、遅《おそ》かったというわけ」

ミッチェルは体をふるわせた。青と赤の大きな鼻も、ぶるぶるっとふるえた。「ぼくたちのショーをめちゃくちゃにしたい人なんて、いるのかな？」

「そう、それが知りたいんだよ」とジーク。「ザンビーニ一座の人たちを痛《いた》い目にあわせたい、と思っているような人、だれかいる？」

「でも、ねらわれているのはザンビーニ一座の人たちだけじゃないんだ」ミッチェルはすばやく口をはさんだ。目を寄《よ》せて、自分の鼻を指さした。「これを見て。これ、ほんとうは赤かったんだ。でもショーが始まる直前、だれかが楽屋で、道化師《どうけし》の鼻すべてに青いペンキをまきちらしたんだ」

「空中ブランコのロープを切るほど悪質《あくしつ》ではないけどね」とジェン。

ミッチェルは顔をしかめた。「たいしたことないように思えるかもしれないけど、道化師にとって鼻はとてもこだわりのあるものなんだ。しかも衣装《いしょう》もなくなった。数日まえにはダチョウの調教師《ちょうきょうし》が、檻《おり》の中で金属製《きんぞくせい》のとがった杭《くい》を見つけた。さいわい、ダチョウたちにケガはなかったけどね」

「ということは、たしかにサーカスをめちゃくちゃにしようとしている人がいるんだ」ジークがじっくり考えながら言った。「ここには手がかりはなにも残《のこ》されていない。でも楽屋も調べる必《ひつ》要《よう》がありそうだ。楽屋でもいろいろあったって、言ってたよね」

「ああ」とミッチェル。さっそく楽屋へと二人を誘導《ゆうどう》する。「案内《あんない》するよ。ぼく、これまでもずっとサーカスで働《はたら》いて、サーカスといっしょに旅をしてきたんだ。両親もジャグラーだし、もしピエールがサーカスを廃業《はいぎょう》する、なんて言いだしたら、どうしよう」

「なにかお手伝《てつだ》いできるかも」とジェン。ジークといっしょに、これまでいくつもの事件《じけん》を解決《かいけつ》してきたことは、ミッチェルには話さなかった。やみくもに期待させてもいけないと思ったのだ。

道化師《どうけし》たちの楽屋は、長いトレーラーの中にあった。車体の側面《そくめん》には笑《わら》った道化師の顔がいくつも、でかでかと描《えが》かれている。中に入ると、ドーランや汗《あせ》、そして汚《よご》れたくつ下のにおいがした。道化師《どうけし》たちはみんな、まだ衣装《いしょう》のまま、外の移動《いどう》遊園地で活動しているらしい。ミッチェルによると、ショーが終わっても、遊園地が閉園《へいえん》するまで人々を楽しませることも道化師の仕事なのだという。夜十一時になって乗り物も止まると、道化師七人がほぼ同時にもどってきて、メイクを落とすので、大さわぎになる。ミッチェルは、着替《きが》えのコーナーや、明るい照明《しょうめい》のついた鏡《かがみ》ばりのメイク台などを、手をふって示《しめ》しながら説明《せつめい》してくれた。

「学校はどうしてるの？」ジークがたずねた。

ミッチェルは鼻にしわを寄《よ》せた。「ご心配なく。こればっかりは逃《に》げられない。ピエールが個《こ》人教師《じんきょうし》を雇《やと》ってくれて、その人もいっしょに旅をしながら、子どもたちに勉強を教えてくれているんだ。サーカスで暮《く》らす子どもは十四人もいるんだ」

「へえ、おもしろそう」とジェンが声をあげた。

ミッチェルは肩《かた》をすくめた。「まあ、悪くはないよ。でもたまには一週間とか週末《しゅうまつ》だけとかじゃなく、もっと長いあいだ同じところにとどまってみたい。一カ月間家で暮らしてみるのって、どんな感じなんだろう」

「それはそれでたいへんそうね」ジェンは気が変《か》わった。ジークやビーおばさんといっしょに灯《とう》台《だい》ホテルで暮《く》らす以外《いがい》の生活なんて、考えられない。

「そんなことよりさ」とジークが割《わ》りこんだ。「鼻はどこに置《お》いてあるの？」

ミッチェルが部屋《へや》のすみを指さした。鼻をめちゃくちゃにした人物は、どうやらカウンターの上にも青いペンキをつけてしまったようだ。「そして衣装《いしょう》はこのラックにかけておくんだ」ミッチェルが指さした。「汗《あせ》をかくから、ひとり四、五着ほど持ってる。それに同じ衣装を毎晩《まいばん》毎晩着るのもよくないからね」そう言うと、ハンガーをいくつか取りだした。「これがぼくの衣装さ。一着なくなっていることに最初《さいしょ》に気づいたのは、ぼくだった。みんなでさがしてみたら、ほかにも数着なくなっていたんだ。行方《ゆくえ》不明の衣装は洗濯《せんたく》中だろうとみんなは思ってた。でも洗濯係のジャックにきいてみると、そうじゃないって」

「道化師《どうけし》の衣装なんて、ほしい人、いるのかしら」ジェンがおどろいて、つぶやいた。そしてミッチェルを見て、あわててつけ加《くわ》えた。「悪気はないのよ」

ミッチェルがにっこりした。「こんなの、学校には着ていきたくない、ってことだろ」そう言うと、赤・白・青のだぶだぶのつなぎを広げてみせた。そしてわざと不快《ふかい》そうに、特大《とくだい》サイズのくつをコツンコツンと鳴らしてみせた。

「うーん、国旗《こっき》みたいですてきね」ジェンは笑《わら》った。「でもこの衣装《いしょう》を着ているところを見られたくはないわね。もちろん道化師《どうけし》だったら話は別《べつ》よ」

ミッチェルも笑っている。「実を言うとね、これを着て学校に行くこともあるんだ……道化師のための学校だけどね！」

双子《ふたご》はだんだんミッチェルのことが好《す》きになってきた。ミッチェルは今、ラックにつるされた衣装を整理している。「このあたりは昔の衣装さ」ラックの端《はし》に置《お》いてあるくつや衣装を指さす。「とんだり、ころげまわったりするから、衣装はすぐだめになってしまう。でもお気に入りのものはなかなか捨《す》てられなくてね」

ジェンがうなずく。「わかるわ。わたしもそういうTシャツを持ってる。捨てる気になれないんだけど、ビーおばさんはもう着るなって」

「でも、サーカスを妨害《ぼうがい》しようとしているのがだれなのか、これだけじゃさっぱりわからないよ」とジーク。

「早く解決《かいけつ》しないと、次の事故《じこ》が起きてしまう。それももっとひどい事故が」

第五章　容疑者《ようぎしゃ》あらわる

翌朝《よくあさ》、ジェンはリュックに教科書をつめこんだ。ゆうべはサーカスのあと、移動《いどう》遊園地で遊んで、ビーおばさんに車でむかえに来てもらった。それから寝《ね》るまでは、二人ともひたすら宿題に追われた。

「ミスティックで楽しいイベントがおこなわれているときぐらい、宿題はなしにしてくれればいいのにねー」ジェンは毛の長い飼《か》いネコのスリンキーにぐちをこぼした。スリンキーは大きくあくびをしただけだった。

「ありがとね」ジェンは笑《わら》いながら言った。「ほんと、はげまされるわ」

「準備《じゅんび》はできた？」ジークがドアのすきまから声をかけた。

ジェンはリュックを肩《かた》にかけると、ジークにつづいて台所へと向かった。二人はそこで手作りのクランベリー＆アーモンド・マフィンを手に取った。

「今日は自転車で学校に行くから」ジェンがビーおばさんに伝《つた》えた。

ビーおばさんは、シナモンティーをすすりながらうなずいた。いつもは三つ編《あ》みにしている長い白髪《しらが》まじりの髪《かみ》を、今日はおろしたままだ。「楽しんでくるのよ」笑顔《えがお》で言った。

ジークはとびあがって、大声で叫《さけ》んだ。「もちろんさ。今日は金曜日だしね！」

「静《しず》かに」ビーおばさんが声をひそめて注意した。「きのうチェックインしたリチャーズさんが、居間《いま》の電話を使ってられるの。じゃまをしないでほしいんですって。客室に電話がないことがかなりご不満《ふまん》だったみたい」

「携帯《けいたい》電話は持ってないの？」

ビーおばさんが肩をすくめた。「持ってないみたいね。でも、出かけるときにリチャーズさんの車を見てごらんなさい。すごいから」きらりと目をかがやかせて言った。「ただし、静《しず》かに出ていくのよ」

ジークはジェンについてくるよう合図した。台所の勝手口《かってぐち》から出ていくこともできたが、リチャーズさんをひと目見てみたかったのだ。

二人は居間《いま》の端《はし》をゆっくりと進んだ。でも見えたのは、リチャーズさんのうしろになでつけたテカテカの黒髪《くろかみ》と、うしろ姿《すがた》だけだった。

「そのとおり」と言っている。「買い占《し》めろ。最高《さいこう》の投資《とうし》になるからね」

二人はそのまま進んだ。「銀行家かしら」ジェンがささやいた。

外に出て、ホテルの角を曲がった。ジークが感嘆《かんたん》して口笛を吹《ふ》いた。「あの人、すっごい金持ちかも」駐車場《ちゅうしゃじょう》にある緑の小型《こがた》スポーツカーを指さしている。「あの車、すごく高かったはずだよ」

「なんか虫みたい」ジェンが不思議《ふしぎ》そうに言った。「なんていう車？」

「ランボルギーニだよ。イタリアの高級車で、何十万ドルもするんだ！」

二人はホテルの長い私道《しどう》を、競《きそ》うように自転車でかけおりた。町へ向かう道路に出ると、道路わきを走った。車が何台か横を通りすぎていった。五分くらい自転車で走ったころ、ジェンが道路わきにとまっている大きな白いトラックに気づいた。黒い三角形が車体の側面《そくめん》に描《えが》かれている。とてもきれいなトラックだ。ボンネットが開いていて、男の人がエンジンをのぞきこんでいる。

ジークがブレーキをかけて止まった。「どうしたんですか？」

男の人は顔をあげて、にっこりと笑《わら》った。前歯の金歯が目立っている。「まいったよ。トラックのエンジンのこと、くわしいかい？」

ジークは首をふった。「ぼくはくわしくないけど、友だちのおじさんにくわしい人がいます。この先で自動車修理《しゅうり》工場をやってるんで、通るときに、困《こま》ってる人がいると伝《つた》えておきますね」

その人はうなずいて、腕《うで》時計をちらっと見た。「ありがとう、助かるよ。もうすでに遅《おく》れちゃってるんだ」

ジークはにっこりと笑った。「だいじょうぶですよ」

ジェンが男の人に手をふり、二人はまた自転車をこぎだした。トミーのおじさんの修理工場に着くと、自転車をとめて、ジークが用件《ようけん》を伝《つた》えた。

トミーのおじさんのバートは無愛想《ぶあいそう》で、いつも油じみだらけの作業服を着ている。バートはありがとうと言うかわりに、はげかかった頭をこくんとたてにふった。子どもが修理《しゅうり》工場内をうろつくのをバートが好《この》まないと知っているジェンは、早く出ようとジークをうながした。そういえば、トミーはおじさんのことが大好《だいす》きだけど、じゃましないようにいつも気をつけていたっけ。

ようやく二人は学校にたどり着いた。サーカスはすでに活気づいていた。飼育《しいく》係は動物たちに食事をあたえ、ジャグラーたちがふだん着のまま練習している。その中にすでに衣装《いしょう》を着て、足をひきずりながら歩いている道化師《どうけし》がいた。トラの檻《おり》は、飾《かざ》り房《ふさ》でふちどられた金色の布《ぬの》ですっぽりとおおわれている。ミッチェルはサーカス仲間や、ピエールが雇《やと》った先生といっしょに、勉強をしているのだろうか。

自転車置《お》き場は、校舎《こうしゃ》の正面玄関《げんかん》のそばにある。ジークは鍵《かぎ》もかけずに、自転車をとめた。仲《なか》よしの元刑事《けいじ》、ウィルソン刑事は、長いあいだミスティック警察《けいさつ》で働《はたら》いたけど、この町では自転車一台、盗《ぬす》まれたことがないよ、と言っていた。

ジェンはジークのとなりに自転車をとめた。「あそこでなにかあったみたいよ」トレーラーがとまっているあたりにサーカスの作業員たちが集まっている。

「だれかが怒《おこ》ってる」とジーク。どなり声が聞こえてくる。「チャイムが鳴るまえにたしかめにいこう」

二人は急いで作業員たちのあいだをかきわけ、一台のトレーラーのまえに進みでた。外から見るかぎり、いたってふつうだ。だが、ピエールは入り口の階段《かいだん》に立ち、大声でどなりちらしている。ひとこと発するたびにひげがぴくぴく動く。ジェンはピエールをじっと見つめた。青いペンキが何カ所にもついている。

「めちゃくちゃだ」ピエールが叫《さけ》んだ。「トレーラーの中がめちゃくちゃにされた。どこもかしこも青いペンキだらけ！　犯人《はんにん》をつかまえたら、ただじゃおかないぞ！」

ジェンが、となりに立っていたひげづらの女の人から聞いた話によると、ピエールはその日の朝早くにトレーラーを出た。ところが忘《わす》れ物を取りにもどると、中がめちゃくちゃにされていたというのだ。「悪いことばかりつづくわ」その女の人は首をふりながらつぶやいた。

ジェンはおさえきれなくなって、思わずきいてしまった。「そのひげ、ほんものですか？」

女の人は一歩ジェンに近づいて言った。「もちろんよ。ひっぱってみてもいいわよ」

「いえいえ、けっこうです」ジェンはそう言うと、ジークをわきに連《つ》れていき、トレーラー内のペンキ事件《じけん》について、その女の人から聞いた話を伝《つた》えた。「これまでの謎《なぞ》と関係《かんけい》があるにちがいないわ。それに、あのひげ、ほんものなんだって。直接《ちょくせつ》きいたんだから」とジェン。

ジークはあきれてしまった。ジェンはどうしてこうもおしゃべりなんだろう。「まあでも、今度のは危険《きけん》ってことはないな」ジークはペンキ事件についてそう言った。「ピエールはかんかんだけどね」そこでふと、首をかしげた。ジェンの目にも、耳をそばだてているのがわかった。

「あ、チャイムが鳴ってる。教室に急がなきゃ」

二人は校舎《こうしゃ》にかけこみ、それぞれの教室に向かった。ジェンはどうにか二度目のチャイムが鳴ると同時に席《せき》に着くことができた。

「どこにいたのよ？」ステイシーがジェンのほうに身を乗りだし、きいてきた。「バスに乗ってなかったじゃない」

「自転車だったから」ジェンは呼吸《こきゅう》を落ち着かせるのに必死《ひっし》だ。

朝の連絡事項《れんらくじこう》がスピーカーから流れてきた。ジェンは教科書をよりわけていた。来週のランチメニューや男子野球部、算数クラブの大会についての生徒《せいと》からのお知らせは、半分くらいしか聞いていなかった。連絡事項が終わると、ジェンはすばやく立ちあがり、一時間目の教室に向かおうとした。ところが、そのとき、校長先生の声が聞こえてきた。

「連絡事項がもうひとつあります」と校長先生。「今日は特別《とくべつ》に、午前授業《じゅぎょう》にします。各授業は二十分にちぢめ、ランチはありません。午後はみなさん、サーカスを思う存分《ぞんぶん》楽しんでください!」

教室は歓声《かんせい》に包《つつ》まれた。ジェンがステイシーを見ると、口をぽかんと開けたままだった。「ビーおばさんに午前授業だって伝《つた》えなきゃ。放課後《ほうかご》、遊園地で遊ぶことは伝えてあるけど、学校が早く終わることも言っておかないとね」

一時間目の教室に向かう途中《とちゅう》、事務室《じむしつ》に寄《よ》って電話を借《か》りた。ところがホテルの電話は話し中だった。一時間目が終わったときも、話し中。二時間目、三時間目、さらには四時間目が終わったときにも話し中なのだ。十一時になり、ようやく電話がつながった。

「いったい、だれが電話を使っていたの?」ジェンは大声を出した。「何度も何度も電話したのよ!」

ビーおばさんはため息をついた。「リチャーズさんよ。地球上のすべての国に二回は電話したわね、きっと」

ジェンは首をふった。「そんなに? わたしがそんなに電話ばっかりしてたら、しまいにはおばさんに切られちゃう」

ビーおばさんは笑《わら》った。「よくわかっているじゃない。それで、急ぎの用事ってなに?」

ジェンはおばさんに、授業《じゅぎょう》が短縮《たんしゅく》されたことを伝《つた》えた。ビーおばさんは、昼食を買うお金があるかどうか、その残《のこ》りで遊園地の乗り物も楽しめそうかときいてきた。

「だいじょうぶ。二十ドルあるから、たっぷり投資《とうし》できるわ」と、ジェンはリチャーズさんの言葉をまねして言った。電話を切ると、理科室へと走った。

ジェンが教室に入ると、ワトソン先生がこちらを向いてうなずいた。ジェンがおばさんに電話をしようとしていることを、ステイシーが事前に説明《せつめい》しておいてくれたのだ。

「今、説明したとおり」ワトソン先生が話をつづける。「サーカスの動物たちは、かわいそうに檻《おり》に閉《と》じこめられ、くだらない芸《げい》を教えこまれているのです」

「でも見るのは楽しいよ」だれかがかん高い声で発言した。

ワトソン先生は、不自然《ふしぜん》な色に染《そ》まっている髪《かみ》を手でとかした。今日はオレンジがかっている。

「楽しくなんかありません。苦痛《くつう》です」

だれも口を開かない。

「かわいそうなシベリアトラがまさにそう。あんな檻に閉じこめられて。本来《ほんらい》は野生動物ですからね。自由に動きまわっているべきなのです。ふるさとにもどしてやるためなら、なんだってするわ！　なんだって！」

ジェンは二列うしろにすわっているジークのほうをふりむいた。おたがいに顔を見あわせ、まゆをつりあげた。おたがいの考えがわかってしまうのは、めずらしいことではない。双子《ふたご》なんだから、こんなことにも慣《な》れっこだ。

なんだってする？　二人はその意味を考えた。

第六章　消えた！

十二時十六分に終業のチャイムが鳴ると、生徒《せいと》たちはいっせいに歓声《かんせい》をあげた。ジェンとステイシー、ジークとトミーの四人はほかの生徒たちといっしょに、乗り物や露店《ろてん》のほうへと向かった。

「あーあ」ステイシーは金髪《きんぱつ》の巻《ま》き毛をゆらしながら、不満《ふまん》そうに言った。「すごい人ね」

「観覧車《かんらんしゃ》に乗ろうよ」とジェン。「そんなにならんでいないみたいよ」

まもなく、ジェンとステイシーはゆれるベンチにすわって、真っ青な空へと向かっていた。最《さい》初《しょ》は、人が乗り降《お》りするたびに止まったり、動いたりをくりかえしていたが、そのうち動きがスムーズになった。

「うわっ」ステイシーがひざの上の手すりをしっかりとにぎりしめた。「こんなに高くのぼるとは思わなかったわ」

ジェンは笑《わら》った。「でも、いいながめ」二人は四方を見わたした。ミスティックの町なみが足元に広がっている。町の向こうには原っぱが、さらにはうっそうとした森が見える。東の方向にメイン通りをたどると、ヨットハーバーと、その先にはミスティック湾《わん》が広がっている。大西洋が陽《ひ》の光を浴《あ》びて、おだやかにかがやいている。

「ほら、あそこがホテルよ」と、ジェンは灯台《とうだい》を指さした。

「そしてあそこが古い運動場」少し南の方向にあごを突《つ》きだしながら、ステイシーが言った。

「さびれて、人気《ひとけ》もないね」

ジェンは新しくできた競技場《きょうぎじょう》をさがし、見つけるとそちらを指さした。

一周《しゅう》まわるあいだに、二人は町のおもな施設《しせつ》をすべて見つけることができた。ジークとトミーよりも早く観覧車《かんらんしゃ》から降《お》りたので、二人が来るのを待った。

「おもしろかったね」とトミー。「いろいろ見えたし」

だがジークは、話をしている気分ではなかった。「行こう。なにか起きたみたいだ」

ジェンはきょろきょろしている。「どこ？」

「サーカステントだ」ジークは歩きだしながら、肩《かた》ごしに答えた。「観覧車から見えたんだ」

ジェンは急ぎ足で、ジークを追った。そのすぐうしろをステイシーとトミーがついてくる。

楽屋のあたりにたどり着くと、ジェンは思わず息をのんだ。トラの檻《おり》から金色のおおいが取りはらわれている。中は空《から》っぽだ！

「トラはどこ？」トミーが不安そうにきいた。

「お嬢《じょう》が消えたんです！」まるでトミーの質問《しつもん》に答えるかのように、テラが叫《さけ》んだ。檻の近くで警察官《けいさつかん》数人といっしょに立っている。「いったい、どうやって逃《に》げだしたのかしら」

警察官のひとりが言った。「だれかが盗《ぬす》みだしたんでしょう」

「そんなこと不可能《ふかのう》です」テラが断言《だんげん》した。ネコのような目を細めている。「今朝《けさ》早くにお嬢の様子を見にきましたが、鍵《かぎ》はきちんと閉《し》めました。だれかがこの中に入るなんて、できるはずありません」

警察官《けいさつかん》が肩《かた》をすくめた。「ほかに鍵を持っている人は？」

「いないはず……」テラはそう言いかけて、くちびるをかんだ。「実を言うと、きのう、鍵をなくしたんです」

「じゃ、今朝《けさ》はどうやって檻《おり》に入ったんですか？」

「予備《よび》を持っていたので」テラが答える。

「おそらくその鍵は盗《ぬす》まれたんでしょう」けわしい顔をして警官が言った。

テラは信《しん》じられないというように首をふった。「でも、お嬢《じょう》を盗みだそうと思う人なんて、いるのかしら」

ちょうどそのとき、ピエールがつかつかと早足で歩み寄《よ》ってきた。そして空《から》の檻を見て、怒《いか》りを爆発《ばくはつ》させた。「サーカスの目玉はどこに行った？　わたしの大事なトラはどこだ？」

警官がピエールを落ち着かせようとした。「ご心配なく。わたしたちでさがしだします。ここミスティックには、トラをかくせるような場所はそうありませんから」

ピエールはかんかんに怒《おこ》っている。くるりとテラに向きなおると、腕《うで》をつかみ、わきへひっぱった。「すべておまえの責任《せきにん》だ」ピエールは小声でテラをののしった。

ほかの人には聞こえているんだろうか、とジークは思った。そして残《のこ》りを聞きのがすまいと神《しん》経《けい》を集中した。

「あのでっかいネコを見つけださないと、この業界《ぎょうかい》では二度と仕事ができないようにしてやる。おぼえとけ！」

それまで不安そうにしていたテラは、ピエールをにらみつけると、その手をふりほどいた。怒っているときのスリンキーとそっくり、とジェンは思った。ステイシーとトミーはむしろ、お嬢《じょう》を捜索《そうさく》している仲間と無線《むせん》でやりとりしている警察官《けいさつかん》たちに、興味《きょうみ》があるようだった。

「信《しん》じてくれと言っていたよな」ピエールはまだ怒っている。「これも予定どおりってわけか？これでいったいどうやってお金が入ってくるというんだ？」

テラはなにか言ったが、声が小さすぎて聞きとれなかった。

ピエールはテラをにらみつけた。「そうでなければ困《こま》る！」テラを解放《かいほう》すると、あたりを見まわした。「ザンビーニだ。ザンビーニ一座《いちざ》はどこだ？　もうやつらしかいない。ザンビーニたちはどこだ？」ザンビーニさんはあらわれず、ピエールはますますいらだってきた。

ようやく声が聞こえた。「父はお医者さんに行っているんだと思います。足をみてもらいに」一歩まえに進みでた女の子はザンビーニさんの娘《むすめ》、いちばん小さい空中ブランコ乗りだ。

「いつもどる？」ピエールはひげをひっぱりながら、きいた。

女の子は肩《かた》をすくめた。「今夜は出番がないと言われたので。テラとお嬢《じょう》が初出演《はつしゅつえん》を記念《きねん》して、長めに演技《えんぎ》をするって話でしたから」

ピエールがじだんだを踏《ふ》んだ。「最悪《さいあく》だ！」と叫《さけ》んで、両手を投げだし、空を見あげた。「もうお手あげだよ、最悪だ！」そう言うと、うしろをふりかえることなく、大またで歩き去った。

第七章　手がかりは「青」

　ステイシーは急いでピエールを追いかけた。同時にかばんからノートを取りだしている。「話を聞いてくる」肩《かた》ごしにそう叫《さけ》んだ。

「がんばれよ」トミーが小さい声で言った。「ぼくだったら、ピエールよりおなかをすかせたトラのほうがまだいいや。おなかをすかせたといえば、ぼくもうぺこぺこだよ。だれかなにか食べにいかない？」

　ジェンとジークは顔を見あわせると、二人そろって首をふった。「ぼくたちはまだいいや」とジーク。「先に食べてて。あとでさがすから」

トミーは肩《かた》をすくめた。「きみたちのおなかがだいじょうぶなら、それでいいけど」そう言うと、〈ホットドッグ、ジュース、綿菓子《わたがし》、揚《あ》げパン〉と書かれた看板《かんばん》のほうへ、かけ足で行ってしまった。

「おなかがだいじょうぶでないのは、そっちのほうじゃない」ジェンがひとりごとのようにつぶやいた。ジェンだって、スナック系《けい》の食べ物は大好《だいす》きだ。でも絶叫系《ぜっきょうけい》の乗り物に乗るかもしれないときには、とても食べる気にはならない。

近くにいた警官《けいかん》がテラに報告《ほうこく》している。「今のところトラに関《かん》する情報《じょうほう》はなにもありません。やつを見たという報告も」

「やつではなく、あの子」テラが訂正《ていせい》する。

「あの子の鳴き声を聞いたという通報もありません。警官は全員出動させています。残業《ざんぎょう》や非番《ひばん》でもね。ご心配なく。お嬢《じょう》はさがしだしますよ。さあ、もしさしつかえなければ、署《しょ》まで来ていただけますか。書類《しょるい》を作らなければならないので」

テラは一瞬《いっしゅん》、心配そうな顔をしたが、わずかにほほえんで、ついていった。

今では人だかりも消えた。ジェンとジークは檻《おり》のまわりから人がいなくなるのを待って、おそるおそる檻の中に足を踏《ふ》み入れた。

「テラの鍵《かぎ》を盗《ぬす》んだのはだれなのかな？」ジェンがきいた。

ジークは顔をしかめた。「テラはほんとうに鍵をなくしたのかな。それとも、あれはただの演《えん》技《ぎ》かな。ゆうべピエールに、お金が手に入るって言ってたよね。あれはいったいなんだったんだろう」

ジェンは手がかりを求《もと》めて、檻の中をくまなくさがした。「たしかにあの様子は、あやしそうに見えたわね。でもピエールが言ってたお金って、なんだろう。お金をもらえるあてがあるなら、ふつうはその人をどなりつけたりなんかしないわ」

「もしかしたら、ピエールのほうも演技をしてたのかも」ジークはそう言うと、しゃがみこんで、檻の床《ゆか》に敷《し》きつめられているわらを調べはじめた。「ジェン！　来て！」声をおさえようとするが、つい大声になった。

ジェンはかけつけると、もっとよく見ようとかがみこんだ。「青いペンキじゃない！　道化師《どうけし》の鼻と同じ色ね！」

「ピエールのトレーラーの中に塗《ぬ》りたくられたペンキとも同じ」ジークがつけ足した。「同一人物のしわざだね」

ジェンは頭を少しかたむけて、ジークに指示《しじ》した。「そこのわらをちょっとどけてみて」

ジークは言われたとおりにわらをどけた。

「そっちのわらも」ジェンがつづけた。ジークがそのとおりにすると、二人とも息をのんだ。

ジークは立ちあがって、全体を見ようとした。「ぼくの気のせいかな？」

「大きな足あとのようだと思っているのなら、気のせいじゃないわ」

ジークはうなずいた。「ということは、犯人《はんにん》は巨人《きょじん》か、それとも大きなくつをはいた人だ」

「道化師！」

「そのとおり。ミッチェルをさがそう」

二人は遊園地を走りぬけ、道化師の顔がたくさん描《えが》かれたトレーラーへ向かった。ドアをたたくと、ミッチェルが出てきた。すでに衣装《いしょう》に着替《きが》えている。「やあ、きみたちか」と言ったものの、どこか元気がない。

「今、まずかったかな？」とジェン。

ミッチェルは首をふった。「お嬢《じょう》のこと、聞いた？」

二人はうなずいた。

「サーカスの新しい目玉がいなくなっちゃったら、ピエールはサーカスをたたんでしまうんじゃないかって、みんな心配しているんだ。苦しい状態《じょうたい》がずっとつづいていたからね。ピエールはシベリアトラで観客《かんきゃく》を増《ふ》やそうとねらっていたんだ」

ジェンはジークを見た。ピエールの手に入るお金とは、そういうことだったのか。いや、ほんとうにそう？

ミッチェルは二人を中へと案内《あんない》した。「実際《じっさい》、ピエールはたった今、今夜の公演《こうえん》をキャンセルしたんだ。ザンビーニさんもつかまらないから。娘《むすめ》さんが言うには、医者に行ったらしい。きのう落下したときに、かなり足を痛《いた》めちゃったんじゃないかな」そう言うと衣装部屋《べや》のイスにどっかりと腰《こし》をおろした。「もう終わりだよ」

「まだわからないさ」とジーク。「もしジェンとぼくでトラを見つけだせれば、サーカスは存続《そんぞく》できるんだろう?」

ミッチェルは二人の顔を交互《こうご》に見つめた。「もちろんそうだけど、きみたち二人でできることなんてあるの?」手をふりながらききかえした。

ジェンがにやっと笑《わら》った。「それを言うなら、できないことなんかあるの? でしょ」

ミッチェルも、二人の前向きな姿勢《しせい》につられるように言った。「じゃ、演技場《えんぎじょう》一周《しゅう》、逆立《さかだ》ちでまわれるかな?」

ジェンの笑顔《えがお》が消えた。「それはお手あげだわ」

笑いながらミッチェルが言った。「気にすることないさ。何年もかかって、何回も頭をぶつけているうちに、コツがつかめるのさ」そこで冷静《れいせい》になってきいた。「ところで、まじめな話、警《けい》察《さつ》でさえ見つけられずにいるのに、いったいどうやってあのトラをさがしだすつもりなの?」

「実は、警察も見落としてた手がかりを見つけたのさ」とジーク。「警察は気づかなかったけど、わらの下に青い足あとが残《のこ》されていたんだ。それがだれの足あとなのか、突《つ》き止めるつもりさ」

ミッチェルは眉間《みけん》にしわを寄《よ》せ、手をやたらとふりながらきいた。「それがどう役に立つの？」

「その足あと、ものすごく大きかったのよ」ジェンが説明《せつめい》した。「まるで道化師《どうけし》のくつみたいにね。それに青といえば、道化師たちの鼻も青く塗《ぬ》られてたんでしょ」

「じゃ、道化師のだれかが、サーカスをだいなしにしようとしているってわけ？」ミッチェルがききかえした。「そんなの、信《しん》じられない」

「青いペンキのついたくつが見つかれば、あれこれ妨害《ぼうがい》してる犯人《はんにん》を突き止めることができるし、トラの居場所《いばしょ》もわかるはずよ」ジェンが言った。視線《しせん》はすでに、ずらりとならんだ道化師のくつのほうへと向けられている。

ミッチェルもさっと立ちあがった。三人は片《かた》っ端《ぱし》からくつを裏《うら》がえした。

「あったよ」ジークが得意《とくい》げに、大きな黄色いくつを持ちあげてみせた。

「へんだな」とミッチェル。頭を左右にふると、緑色のふわふわした髪《かみ》が、ゆっさゆっさとゆれた。

「へん？」ジェンがくりかえした。「どうして？」

「そのくつ、今ではだれもはいていないんだ。きのう見せた衣装《いしょう》と同じで、はきふるされているけど、捨《す》てるほどではない。そのくつはピーティのだけど、ピーティはもうこのサーカスにはいないよ」

ジークは顔をしかめた。「このくつをはいた人、ほんとに見たことがないの？」

「ほんとうさ」ミッチェルの顔がくもった。「手がかりにもならなかったね」

「犯人《はんにん》を特定《とくてい》することはできなかったけど」ジェンは楽観的《らっかんてき》になろうとして言った。「この道化《どうけ》師《し》用のくつをはいていた人だということはわかったわ」

「ぼくが思うに、犯人はまずピエールのトレーラーの中をめちゃめちゃにした。その男は――」

「もしくは女は」ジェンが割《わ》りこんだ。

「――うっかり自分のくつにペンキをつけてしまった」ジークは無視《むし》してつづけた。「そのあとで急いでトラの檻《おり》へと向かい、みんながピエールのトレーラーのことで大さわぎをしているすきに、お嬢《じょう》を盗《ぬす》みだした」そしてジェンのほうを向いた。「学校が始まるまえに、なにかが起きているとピエールのトレーラーまで行ったじゃない。犯人《はんにん》はあのすきに、だれにも気づかれずにトラを盗みだしたんじゃないかな」

ミッチェルは納得《なっとく》したようにうなずいている。「たしかにすじは通ってる。ということは、道《どう》化師《けし》のふりをした、にせ道化師を見つけだせばいいんだ」

「そのとおりよ」とジェン。ほとんど不可能《ふかのう》に近い。それでもあきらめたくはない。とそのとき、ジェンのおなかがぐぐーっと鳴った。「お昼も食べそこねたし、もう夕食の時間だわ。急いで帰らなきゃ。ビーおばさん、盗まれたトラにわたしたちが食べられちゃったかも、なんて心配しちゃうから」

二人はミッチェルにさよならを言って、自転車を取りにいき、帰路《きろ》についた。

「さっきの故障《こしょう》したトラック、バートが引き取りにきたんだね」ホテルの近くまで来ると、ジークが言った。

「そうみたいね。通りすぎるときに、バートの工場にあの車があったわ」

二人はホテルへとつづく長い坂を、必死《ひっし》に自転車をこいだ。息がすっかりあがってしまった。あたりは暗くなりはじめている。太陽は灯台《とうだい》のてっぺんあたりを明るくしている程度《ていど》。そこ以外《いがい》は、ホテル全体が影《かげ》でおおわれている。

「あれはだれ？」ジェンは坂をのぼりながらしゃべろうとして、はあはあしている。

ジークは顔をあげたが、苦しくて答えることができない。ホテルの横の玄関付近《げんかんふきん》に二人の人影が見える。でもだれなのかはわからない。

玄関近くまで来ると、ジェンは暗がりの中、二人の顔を見ようと、目をこらした。なにかへんだ。まるでわざと人目を避《さ》けているみたい。そのとき、二人のうちの一人が顔をあげ、ジェンとジークに気づいた。男の人だ、とジェンは思った。その人はさっとホテル内に入っていき、もう一人がその場に取り残《のこ》された。

その人は一瞬《いっしゅん》、二人に向かってほほえむと、ジェンとジークが今のぼってきたばかりの私道《しどう》を足早におりていった。

「あの人、今朝《けさ》のトラックの運転手だ」ようやく呼吸《こきゅう》がおさまり、ジェンが言った。

「ほんとう?」ジークがききかえした。暗くて顔までは見えなかったけどな。

「ぜったいよ」ジェンがきっぱりと言いきった。「金歯がきらっと光ったもの」

ジークは自転車をとめながら首をふった。「トラックの運転手が、ホテルの宿泊者《しゅくはくしゃ》にいったいなんの用事があったんだろう?」思わずつぶやいた。

「さあね」スタンドを立てながらジェンが言った。「でもかなりあやしかったわよね」

第八章　かんぺきな計画

二人は急いで中に入った。さっきの謎《なぞ》の宿泊者《しゅくはくしゃ》をひと目たしかめたかったからだ。ところがロビーでは、宿泊中のバードウォッチャーたちが、ちょうど夕食に出かけるところだった。これでは一瞬《いっしゅん》まえまで外にいたのがだれなのか、わかりっこない。

がっかりした二人はビーおばさんをさがした。おばさんは居間《いま》で、身なりをきちんとととのえた、テカテカの黒髪《くろかみ》の男性《だんせい》と話をしていた。朝見かけたリチャーズさんだ。二人が居間に入ると、ビーおばさんが笑顔《えがお》で声をかけた。

「二人とも、こちらは今宿泊《しゅくはく》されているリチャーズさんよ」

リチャーズさんは立ちあがると、二人と握手《あくしゅ》をした。ジークはリチャーズさんをじっと見つめた。この人、ゆうべサーカスにいた。ザンビーニさんの事故《じこ》のあとに見た、しゃれたスーツの男の人はリチャーズさんだったのだ。リチャーズさんの小指もたしかめた。まちがいない。小指にピラミッド形のダイヤモンドの指輪《ゆびわ》をしている。

「こんばんは」リチャーズさんは、丸々としたおなかをぽんぽんとたたきながら、愛想《あいそ》よくあいさつをした。

ジェンは、こんなにしゃれた服装《ふくそう》の人には、深々とおじぎをしなければいけないのかも、と思わず考えてしまった。かなり高価《こうか》な洋服だ。リチャーズさんはふたたび腰《こし》をおろすと、にっこりと笑《わら》った。

「リチャーズさんから、あちこちのすてきな場所についてうかがっていたの」とビーおばさん。

「世界じゅうを旅していらっしゃるんですって」

ジェンはこの人の足元にある書類《しょるい》かばんに目をやった。旅の記念《きねん》に買ったステッカーで埋《う》めつくされている。身なりのよいビジネスマンには不似合《ふにあ》いなかばんだ。でもこの人はちょっと変《か》わっているのかもしれない。ジェンはそのステッカーをまじまじと見つめた。

「ここ、全部に行ったんですか？」ジェンがたずねた。「南アメリカに――」大声で読みあげていく。「ハワイ、アマゾン、シベリア、エバーグレーズ、アフリカ」そのほかのステッカーは重なりあっていたり、小さかったりしてよく見えなかった。「アフリカでサファリに行くのが夢《ゆめ》なんです」

リチャーズさんはけらけら笑《わら》った。「サファリならもう十回以上《いじょう》行っているよ」

ジェンはすっかり感心してしまった。「すごーい」

ジークは顔をしかめた。この人と、金歯のトラック運転手に、どんなつながりがあるんだろう。でもバードウォッチャーたちが、トラック運転手と話をしていたとは思えない。と、別《べつ》の人が居《い》間《ま》に入ってきて、ジークは顔をあげた。

「お部屋《へや》はお気に召《め》しました？」ビーおばさんがその背《せ》の高い男性《だんせい》にたずねた。

おどろいたことに、その人は偉大《いだい》なるピエールだった。

「いい部屋《へや》ですが」ピエールはちょっと不満《ふまん》そうだ。「あそこまで花が多くなくてもいいんですけどね」ピエールは双子《ふたご》を見ると、顔をしかめた。

ジェンは笑《わら》いをこらえた。おばさんは気むずかしい客には慣《な》れっこだし、どんなに無礼《ぶれい》なことを言われてもけっして腹《はら》を立てたりしない。「トレーラーもまもなくきれいになるでしょうし、それまでのしんぼうですから」ビーおばさんはなだめるように言った。

「またひとつ出費《しゅっぴ》が増《ふ》えるだけですよ」ピエールはむっつりと言った。「今夜の公演《こうえん》もキャンセルしなくてはならなかった。どれだけの損失《そんしつ》かわかりますか？　巨大《きょだい》な損失なんですよ。巨大な」と強調する。「しかもお嬢《じょう》が行方《ゆくえ》不明とは」うんざりしたように首をふった。「目玉がいなくなった」そこでとつぜん、少し顔が明るくなった。「でもありがたいことに、ビッグ・トップ保険《ほけん》会社がありますからね」

ジェンとジークは顔を見あわせた。

「わたしはもう寝《ね》ます」とピエール。「サーカス団《だん》の一日は陽《ひ》がのぼるまえに始まるんでね。おやすみなさい」そう言うと、唐突《とうとつ》にくるりと背《せ》を向け、居間《いま》から出ていってしまった。

ビーおばさんは肩《かた》をすくめた。「かわいそうに、たいへんね。うまくいくといいけど」

リチャーズさんもうなずいた。

双子《ふたご》もその場をはなれた。ビーおばさんは、三十分後には夕食の準備《じゅんび》もととのうだろうと伝《つた》えた。二人は話をするため、ジェンの部屋《へや》に向かった。二人は灯台《とうだい》の中に、それぞれの部屋とバスルームを持っている。ビーおばさんの夫《おっと》のクリフおじさんが灯台を改装《かいそう》し、二階にジェンの部屋を、三階にジークの部屋を作ってくれたのだ。一階の灯台記念《きねん》館からそれぞれの部屋を通り、最《さい》上階《じょうかい》の展望台《てんぼうだい》まで、らせん階段《かいだん》でつながっている。残念《ざんねん》ながらクリフおじさんは、二年まえの開業直前に亡《な》くなった。だからホテルがこんなにも繁盛《はんじょう》しているのを見とどけることはできなかった。

ジェンは、一方の壁《かべ》が丸くなっている部屋を気に入っていた。壁一面にスポーツ大会やサッカー選手《せんしゅ》のポスターをはっている。ネコの写真も何枚《まい》かある。ジェンはベッドにとびのり、スリンキーを抱《だ》き寄《よ》せた。ジークは窓《まど》ぎわの大きなビーズクッションにすわった。

「それで、トラックの運転手と話をしていたのはだれだと思う？」二人が腰《こし》をおろしたところでジークが口火を切った。

「わからないけど、リチャーズさんかピエールのどちらかよね」

ジークもうなずいた。「そうだよな。バードウォッチャーではないだろうから。でもその二人のどっちかだとしても、トラックとどういうつながりがあるんだろう」

「それがわからないのよ」とジェン。「でもサーカスを危機《きき》から救《すく》いだすためには、どうにかしてつきとめなきゃ」そしてにやりと笑《わら》った。「それにはかんぺきな計画を思いついたのよ」

ジークは思わずうなった。


翌《よく》土曜日の早朝、ジェンがジークの部屋《へや》のドアをたたいた。ジークがドアを開けると、ジェンはきいた。「準備《じゅんび》はできた？」

「まあね」あくびをしながらジークが答えた。時計をちらりと見る。七時すぎだ。もっと早いような気がする。

「ビーおばさんには、サーカスに行くので早く出かける、って伝《つた》えておいたわ」とジェン。「今日は朝食の準備《じゅんび》は手伝《てつだ》わなくていいって言ってた」

二人は自転車に乗り、坂をくだった。朝もやがかかり、空気はひんやりしていて、潮《しお》のかおりがする。崖《がけ》に打ちつける波の音も、こもったように聞こえる。早起きのカモメたちが、なにか食べる物はないかとねらっている。

二人はだまって自転車をこいだ。車は一台も通らない。ようやくトミーのおじさんの修理《しゅうり》工場がある角を曲がった。まだ暗いので、工場には防犯灯《ぼうはんとう》がついたままだ。でも二人が見ているあいだに、その明かりがひとつずつ自動的《てき》に消えていった。

二人はせまい横丁《よこちょう》に自転車をとめた。そして物音を立てないよう、修理工場へもどった。バートが工場の営業《えいぎょう》を始める八時までに、やるべきことを終わらせなければならない。

「あそこよ」ジェンは声をひそめ、朝もやの中にとまっている白いトラックを指さした。

ジークはうなずき、二人でトラックのほうに向かった。ジェンは運転席《せき》のドアのステップに足をかけ、取っ手をひっぱってみた。鍵《かぎ》がかかっている。ジェンが下にとびおりるあいだにジークが助手席側《じょしゅせきがわ》を試《ため》した。

「ちぇっ！」トラックの後方でジークと会うと、ジェンは舌打《したう》ちした。「中に入れないんじゃ、たしかめようがないわ！」

「トラックの鍵《かぎ》が閉《し》まっていることくらい、想定《そうてい》していなかったの？」とジーク。

ジェンはジークをにらんだ。「うん、想定外だったわ」

ジークはあきれて首をふった。「かんぺきな計画なんかじゃないことに気づくべきだったよ」

そう言いおわるころ、きしむような音が聞こえた。ふりむくと、ジェンがトラックの荷台のシャッター式ドアをゆっくりと開けているところだった。

ジェンがジークを見て、にやっと笑《わら》った。「うしろの扉《とびら》には鍵をかけていなかったみたいよ。計画どおりね」

「ああ、そうですか」

計画どおりかどうかはともかく、二人は開いた扉の下のすきまからトラックの荷台に入りこんだ。トラックの中は暗かった。

「なにか見える？」ジェンがきいた。

ジークは目を細めた。「なにも。床《ゆか》にちらばっているのはなに？」

カサカサという音が聞こえた。ジェンが言った。「わらか干《ほ》し草じゃないかしら」

「これを見て」ジークが言った。薄明《うすあ》かりの中、大きな空《から》のプラスチック製《せい》のボウルがふたつ見えた。「なにをするものかな？」

ジェンはボウルをのぞきこむと、わらにさわった。「このトラック、トラのために手配《てはい》されたのよ、きっと」

ジークは反論《はんろん》しようと思ったが、考えれば考えるほど、そのとおりに思えてきた。「そうだね。トラが盗《ぬす》まれた朝にこのトラックを見かけたしね」

「でも故障《こしょう》してしまった」ジェンがつづける。「だからトラを運びだすことはできなかった」

「ということは、トラはまだミスティックのどこかにいるはずだ」

「でもいったいどこに？　だれが盗みだしたにしても、そんなに遠くまでは行けないはず。サーカス専用《せんよう》のライトバンを使って連《つ》れだすことはできたかもしれないけど、遠くまでお嬢《じょう》を運ぶには車が小さすぎるでしょう。後部座席《ざせき》におびえたトラを乗せるなんて、わたしだったらちょっとね」

「シーッ！」とつぜんジークがさえぎった。

ジェンの耳にも人の声が聞こえた。トミーのおじさん、バートの低《ひく》い声が聞こえる。

「申しあげたとおり」かなり近くでバートがしゃべっている。「直るのは直りますが、まだ時間がかかります」

「でも、すぐに必要《ひつよう》なんだ」

「そうはおっしゃっても、すぐには終わりません」とバート。

相手はいらいらしてため息をついた。「じゃ、いつなら終わるんだ？」

「今日の五時半に取りにいらしてください」

「そんなにかかるのか？」

「こんなふうに時間をむだにしていたら、月曜日までかかりますよ。あしたは定休日ですから」

バートがうなるように言った。

「なにがなんでも五時半までに用意しておけよ」相手は脅《おど》すように言った。「さもないと、とんでもないことになるからな！」

第九章　制御不能《せいぎょふのう》

バートが工場を開けるころには、話し声も聞こえなくなっていた。

「もう行こう」ジェンが言った。

二人は荷台の扉《とびら》のすきまから這《は》いでると、音を立てないようにきっちり閉《し》めた。身をかがめたまま、修理《しゅうり》を待つ車やトラックのあいだを縫《ぬ》って、足早に駐車場《ちゅうしゃじょう》を横切る。息を切らしながら角を曲がり、自転車にとび乗った。メイン通りにさしかかるまで、スピードをゆるめなかった。

〈ミスティック・カフェ〉からおいしそうなかおりがただよってきた。

「なにか食べない？」とジェン。「サーカスに行くにはまだ早すぎるし」

ジークは待ってましたとばかりに賛成《さんせい》した。ビーおばさんはミスティック一のコックだけど、〈ミスティック・カフェ〉のハチミツロールもかなり評判《ひょうばん》が高い。ビーおばさんでもかなわない一品だ。

カフェに入ると、二人は窓《まど》ぎわの席《せき》にすわり、フレッシュ・オレンジジュースと、ジークはハチミツロールをふたつ、ジェンは野菜《やさい》とクリームチーズをはさんだセサミ・ベーグルを注文した。

注文がとどくまでのあいだ、二人は声をひそめて話しあった。朝のカフェはいつも満員《まんいん》で、人に聞かれたくなかったからだ。

ジェンはひじをテーブルについて、身を乗りだした。「トラックの修理《しゅうり》が五時半に終わるってことは、あのトラックがほんとうにトラの輸送《ゆそう》に使われるとしたら、時間があまりないわ」腕時《うでど》計をちらりと見た。まだ八時をまわったところだ。

ジークもうなずいた。「事件《じけん》を解決《かいけつ》しなくちゃ――それも急いで」

「トラックの運転手がだれなのかはわかってる。でも警察《けいさつ》にわたしたちの推理《すいり》を伝《つた》えても、証拠《しょうこ》がなければあの運転手を逮捕《たいほ》することはできない」

「そのとおり。証拠《しょうこ》を見つけなくちゃね」

「見つけなきゃいけないのは、お嬢《じょう》よ」ジェンがまじめに言った。

「そうだね」ジークも同意した。「ホテルの宿泊者《しゅくはくしゃ》がからんでいることもわかってる。運転手と話をしているところを目撃《もくげき》したからね」

「ピエールかリチャーズさんね」ジェンが推測《すいそく》した。「ほかの宿泊客たちはバードウォッチングの関係者《かんけいしゃ》だから。トラをほしいとは思わないでしょう」

「でもピエールだとしたら、どうして自分のところのトラを盗《ぬす》もうなんて思うのかな」

「リチャーズさんだって、トラを盗んでどうするつもりなのかしら」

そのとき、料理がとどいた。しばらくのあいだ、おしゃべりはそっちのけで、食事に夢中《むちゅう》になった。食事が終わっても、サーカスに行くにはまだ早すぎるということで、ミスティックのヨットハーバーへと向かった。ジークはヨットが大好《だいす》きで、停泊中《ていはくちゅう》のヨットや帆船《はんせん》をながめるだけでも楽しいのだ。

しばらくしてジェンが時計を見ると、おどろいたことにもう十時だった。あわててジークを呼《よ》んだ。ジークはラカッサ号という、全長十八メートルもある帆船《はんせん》の船長と話をしていた。

ジークは聞こえたという合図に手をふった。そして数分後、杭《くい》の上にすわって待っていたジェンのもとへ、小走りでやってくると、うれしそうに言った。「ジョーがあとで、ラカッサ号の中を案内《あんない》してくれるって」

ジェンは目をむいてみせた。ジェンは船に乗るのが好《す》きではない。船酔《ふなよ》いしてしまうからだ。

「この事件《じけん》はどうするの？」ときいた。「五時半までに解決《かいけつ》しなくちゃならないのよ。ヨットを見てる時間なんてないわよ」

ジークはもっともだと思った。今、いちばん大事なのは、お嬢《じょう》を見つけだし、だれが連《つ》れだしたのかをつきとめること。なごりおしい気分で、美しい帆船に目をやった。丸一日、海でヨットに乗っていられたらいいのに。

「行くわよ」ジェンがジークをひっぱりながら言った。

二人はメイン通りからフラー通りを左に曲がり、その後学校通りを右折《うせつ》した。色とりどりに飾《かざ》られたサーカスからはすでににぎやかな音楽が聞こえてきている。乗り物も始まっているようだ。

ジェンとジークは人をかきわけながら、あやしげなものはないか、目を光らせていた。

「やあ」同《おな》い年《どし》くらいの男の子が声をかけてきた。赤と白のTシャツに赤い半ズボンをはいている。茶色い髪《かみ》の毛はまるでぬれているかのように、きっちりうしろになでつけられている。

「やあ」二人もあいさつを返したものの、ぽかんとしてその子を見つめていた。

男の子はにっこりと笑《わら》いかけた。「二人とも、なにしてるの？」右手をふって話しながら、左手にはビニール袋《ぶくろ》に入ったコーヒーケーキをのせている。

ジェンとジークは顔を見あわせた。この子はだれ？　同級生？

「いや、その……」とジーク。「どんな乗り物があるのかな、と思ってさ」

「クルクルUFOははずせないよ」その子が熱心《ねっしん》にすすめてくる。また右手をふっている。

とつぜん、ジェンが笑った。「ミッチェルか！」大きな声を出した。

その子は目を大きく見開いた。「はあ？」

ようやくジークも気がついた。「ミッチェル、ぜんぜんわからなかったよ。道化師《どうけし》のメイクをしていないと別人《べつじん》だね」

ミッチェルがにやりとした。「ぼくだって、ぜんぜん気づいてなかったってこと？」

ジェンがうなずいた。「しゃべりながら手をふるしぐさを見るまではね。カツラも衣装《いしょう》もメイクもなしのミッチェルを見るの、はじめてだから」

ミッチェルが笑《わら》った。「そうだったね。ねえ、これからこのコーヒーケーキをザンビーニさんのトレーラーにとどけるんだ。おかあさんが事故《じこ》のお見舞《みま》いにって、焼《や》いたんだ。奥《おく》さんにきいたら、ザンビーニさんはトレーラーで休んでいるんだって。いっしょに行く？」

ジークは肩《かた》をすくめた。「もちろん」

二人はミッチェルのあとにつづいて、ロープで仕切られた区域《くいき》に入りこんだ。〝サーカス関係《かんけい》者以外《いがい》立ち入り禁止《きんし》〟という札《ふだ》がさがっている。ミッチェルはトレーラーが数台ならんでいるあたりへ二人を連《つ》れていった。「ぼくたちはここで暮《く》らしているんだ」とミッチェル。「あれがピエールのトレーラー。もう知ってるよね」そして別の方向を指さした。「ぼくはあそこ、そしてここがザンビーニさんのトレーラーさ」

まちがえようがない。側面《そくめん》が濃《こ》いむらさき色で塗《ぬ》られ、金色で〝ZAMBINI《ザンビーニ》〟とアルファベットが描《えが》かれている。ミッチェルがドアをノックした。応答《おうとう》がない。

「寝《ね》ちゃったのかも」とジェン。

「そうかもね」ミッチェルも言った。ドアの取っ手に手を置《お》くと、まわった。「台所のテーブルに置いていくよ。わざわざ起こすことはないからね」

三人はトレーラーの中に入った。足音を立てず、言葉もかわさない。こんなせまいところに、こんなにいろいろなものが入るのかと、ジェンは感心した。流しつきの台所、冷蔵庫《れいぞうこ》、ガスコンロ、オーブン、食事を取るスペース、リビングにはふかふかした緑色のカーペットが敷《し》きつめられている。バスルームのドアは開けっ放しで、奥《おく》のふたつのドアも開いたままだった。

「奥がベッドルームさ」ミッチェルはケーキをテーブルに置きながら、奥のほうを指さして小声で言った。

ジェンはふりむき、カウンターの上を見た。開封《かいふう》された手紙が何通も積《つ》み重ねてある。どうやら中身は請求書《せいきゅうしょ》のようだ。封筒《ふうとう》の中からピンク色の紙がのぞいている。その最上部《さいじょうぶ》に〝最終勧《かん》告《こく》〟の文字がくっきりと書かれていた。見てはいけないものを見てしまったうしろめたさを感じながら、ジェンはドアに向かった。

ジークがジェンにつづいた。そのとき、サイドテーブルに飾《かざ》られた花に目がとまった。お見舞《みま》いのカードが添《そ》えられている。ユリの花も混《ま》じっていた。あわててはなれようとしたが、遅《おそ》かった。鼻がむずむずしだした。ユリに近づくとくしゃみが出るのだ。むずむずをおさえようと、鼻をつまんだが、むだな抵抗《ていこう》だった。特大《とくだい》のくしゃみを爆発《ばくはつ》させてしまった。三人は顔を見あわせた。ザンビーニさんが今にもよろよろと寝室《しんしつ》から出てくるのではないか、と覚悟《かくご》していた。ところがなにも起こらない。

「熟睡《じゅくすい》しているのか、それともいないのか」鼻をぐずぐずさせながらジークが言った。

「どちらにしても、さっさとここから出ようよ」とジェン。そして先頭に立ってトレーラーから外に出た。

「衣装《いしょう》に着替《きが》えるまで、まだ時間があるんだ」とミッチェル。「クルクルUFOに乗ろうよ。おごるよ」

「いいね」とジーク。ひとつくらい乗り物を楽しんでもかまわないだろう。このあとにはむずかしい捜索《そうさく》が待ってるんだし。

ジェンはいやな顔をした。ヨットで酔《よ》うんだから、クルクルUFOなんかに乗ったらどうなることやら。

クルクルUFOは長蛇《ちょうだ》の列だった。両端《りょうはし》のたれた金色の口ひげをたくわえた、若《わか》い操作《そうさ》係によると、今朝《けさ》はいつもの係員が病気で、代理を見つけるのに時間がかかったのだという。その操作係はミッチェルを特別《とくべつ》に列の先頭に入れてくれた上に、三人とも無料《むりょう》で乗せてくれた。三人が小さなゴンドラに乗りこみ、シートベルトをしめると、じきに動きはじめた。最初《さいしょ》はゆっくりと回転した。ジェンは思わずほほえんだ。これならだいじょうぶそうだ。

ところが、だんだん回転が速くなる。乗りこんだゴンドラがまわるだけではなく、乗り物全体が回転しているのだ。ジェンは気分が悪くなってきた。でもジークもミッチェルも、とても楽しそうだ。回転はますます速くなってきた。ジェンは目をつぶり、早く終わってくれることを祈《いの》った。ところがいつまでたっても終わる気配《けはい》がない。むしろ回転が速くなってきたようだ。それに今ではドスンドスンと上下にもゆれはじめた。

おそるおそる目を開けると、恐怖《きょうふ》が体を突《つ》きぬけた。ジークが気分が悪そうにしていただけではなく、ミッチェルも顔が引きつっていたのだ。

なにかがおかしい！

「この乗り物、制御《せいぎょ》不能《ふのう》になってる！」ミッチェルが叫《さけ》んだ。

第十章　百万ドルの価値《かち》

このまま回転しつづければ、気を失《うしな》ってしまう、とジェンは思った。回転や上下のゆれに加《くわ》えて、今ではバンバンとなにかをたたくような大きな音もひびきわたっている。操作《そうさ》係が乗り物を止めることができなかったら、どうなるんだろう。まさか、このまま永遠《えいえん》に回転しつづけるとか？

そんな考えが頭の中をぐるぐるとかけめぐっているうちに、音とゆれがとつぜん止まった。そして徐々《じょじょ》に、回転の速度も落ちてきた。いつまでも止まらないように思えたが、ようやくぴたりと止まった瞬間《しゅんかん》、ミッチェルはシートベルトをはずした。

「いったいなにが起きたんだろう」目がまわるのをおさえようと、頭をふっている。

ジェンはころがるようにして乗り物から降《お》りた。足ががくがくふるえていて、このままばったりたおれこんでしまうのではないかと一瞬《いっしゅん》思った。

ジークがジェンの腕《うで》をつかんで、ささえてくれた。操作係《そうさ》のわきを通ると、グレーのつなぎを着た男の人二人といっしょに、乗り物の装置《そうち》を点検《てんけん》していた。

「サーカスの整備士《せいびし》たちだよ」ミッチェルが歩きながら教えてくれた。

整備士のひとりが頭をかきながら言った。「どうやらだれかが故意《こい》にこの装置をこわしたみたいだな」

ジェンがジークをわきにひっぱった。「今の聞いた？」

ジークがうなずいた。「また妨害行為《ぼうがいこうい》だね」

ミッチェルはそろそろ道化《どうけ》の準備《じゅんび》があるからと言い、手をふって行ってしまった。ミッチェルが走っていくと、ジェンとジークは話をつづけた。

「でもいったいだれが、乗り物を妨害《ぼうがい》しようなんて思うのかしら」と、ジェンが考えこみながら言った。

「これまでのところ、まずはザンビーニさんの事故《じこ》」と、ジークが指を一本立てながらふりかえる。そしてもう一本指を立てて、「ピエールのトレーラーのペンキさわぎ」

「お嬢《じょう》の失踪《しっそう》」とジェンも加《くわ》わる。「それに道化師《どうけし》たちの鼻や、ダチョウの檻《おり》の杭《くい》も」

「そしてこの乗り物」ジークが首をふった。「どうも話がつながらない。まずは家に帰ろう。ぼくなりに考えたことはあるけど、インターネットで調べてたしかめたいんだ」

ホテルにもどると、二人はただいまを言おうとビーおばさんをさがした。

居間《いま》に近づいたとき、ジークがくちびるに指をあてた。だれかの話し声が聞こえてきた。リチャーズさんの声だ。二人はじゃまにならないように、静《しず》かに歩いた。お客さんがわが家にいるときのようにくつろぐことができる、じゃまされることなく電話を使うことができる、そうしたければ居間でうたたねもできる——これらはこのホテルにとってとても大切なのだ、とビーおばさんはいつも言っている。

リチャーズさんは二人を見あげると、にっこりと笑《わら》った。「今日の夕方だね」受話器《じゅわき》に向かって話している。「心配ないよ」そう言うと電話を切った。小指にはめたダイヤモンドの指輪《ゆびわ》がきらきらとかがやいている。「どうかしたの？」

ジークは肩《かた》をすくめた。「ビーおばさんをさがしてるだけです」

「スリンキー、やめなさい」ジェンはスリンキーがのどを鳴らしながら、リチャーズさんの紺色《こんいろ》のスーツに体をこすりつけているのを見て、注意した。いつもは、すぐにお客さんになついたりはしないのに。

リチャーズさんは笑って言った。「かまわないさ、ネコは大好《だいす》きだからね。自分の家のネコたちにも早く会いたいよ」スリンキーの頭をなでると、スリンキーはますますのどを鳴らした。

三人とも笑ってしまった。

「おばさんは散歩《さんぽ》に行ったみたいだよ」とリチャーズさん。

おばさんは、潮風《しおかぜ》に長い白髪《しらが》まじりの髪《かみ》をなびかせながら、崖沿《がけぞ》いの道を歩くのが好きなのだ。

一時間やそれ以上《いじょう》、歩いていることもある。二人は失礼して、ジークの部屋《へや》へかけあがった。コンピュータの電源《でんげん》を入れ、インターネットに接続《せつぞく》した。

「なにをさがしてるの？」ジークのとなりにイスをひっぱってきてどさりとすわると、ジェンはきいた。あの乗り物のせいで、まだ少し足がふるえている。

「トラックのナンバーをおぼえてきたんだ。その番号から追跡《ついせき》できないかなと思って」

ジークはキーボード上の指使いもすばやく、マウスも自由自在《じざい》にあやつっている。ジェンはとてもついていけない。ジークは十分ほど調べると、にやりと笑《わら》ってイスに深く腰《こし》かけた。「この新しいサイトを見てみて。無料《むりょう》でナンバープレート検索《けんさく》ができて、しかも速い……」

ジェンが身を乗りだした。期待でうずうずしている。「それで？　トラックの持ち主《ぬし》はだれ？」

ジークは数字を打ちこみ、キーボードから手をはなした。「ちょっと待って。今検索中だから」

二人は画面をじっと見つめていた。ようやく画面が変《か》わった。リストにはナンバー、登録《とうろく》され

ている州《しゅう》、そして所有者の名前が表示《ひょうじ》されている。

「ピラミッド・グループ?」ジェンが声を出して読んだ。「なに、それ?」

ジークは顔をしかめた。「トラック会社の名前さ。それで、あのトラックの側面《そくめん》に黒い三角形が描《か》いてあったんだろう」ジークの指がふたたびキーボード上をすばやく動いた。しかし、すぐにあきらめてイスに深々とすわった。「ホームページを持っていない会社なんて、世界じゅうでピラミッド・グループくらいじゃないかな。これじゃあ、ピラミッド・グループがどういう会社か、だれが動かしているのか、まったくわからないよ」

ジェンがうなった。「行きづまっちゃったね」

「お嬢《じょう》についてはそうでないことを願《ねが》うね」ジークはけわしい顔でそう言うと、またキーボードをたたきはじめた。「ビッグ・トップ保険《ほけん》会社について調べてみよう。ピエールがなにか言っていたよね」

すぐにホームページが見つかり、会社概要《がいよう》を読んでみた。「大小、あらゆる娯楽施設《ごらくしせつ》のための保険。みなさまの信頼《しんらい》におこたえする会社です。あなたの損失《そんしつ》をわたしたちがおぎないます!」

「ピエールが加入《かにゅう》している保険《ほけん》会社ね」とジェン。「お嬢《じょう》がいなくなれば、ピエールの元にもお金が入ってくるのかな？」

肩《かた》ごしにジェンの視線《しせん》を感じながら、ジークは契約方針《けいやくほうしん》のアイコンをクリックした。二人はだまってその文章を読んだ。

やがてジークが口笛を吹《ふ》いた。「希少《きしょう》動物の場合、保険で百万ドルまで補償《ほしょう》されるんだ」

ジェンはあぜんとした。「ピエールもお嬢を盗《ぬす》みたくなるかもね。何カ月、いや何年上演《じょうえん》をつづけても、これだけのチケット売りあげにはならないでしょう。お嬢を処分《しょぶん》して、保険金を請求《せいきゅう》すればいいんだもの。きっとそうしたのよ」

ジークは一瞬《いっしゅん》考えて、まゆをひそめた。「でもサーカス内で起きている事件《じけん》や妨害行為《ぼうがいこうい》が、お嬢の失踪《しっそう》とどう関係《かんけい》するのか、説明《せつめい》がつかないよ」

「もしかしたら、あらゆる事件や事故《じこ》について、保険金を請求するつもりなのかもしれない」

「そんなのおかしいよ。もしお嬢の件で保険金を請求しようとしているのなら、あまり事故が多いと保険会社が契約を破棄《はき》してしまう可能性《かのうせい》があるだろ。そんな危険《きけん》はおかさないはずだよ」

ジェンはうなずいた。たしかにジークの言うとおりだ。「それに、檻《おり》の中で見つけた道化師《どうけし》のくつあとについても、説明《せつめい》ができないわ。トラが盗《ぬす》みだされたとき、ピエールはトレーラーをペンキでめちゃくちゃにされたと怒《いか》りを爆発《ばくはつ》させていたし」

しばらくのあいだ、二人はだまって頭の中を整理していた。

「まずはお嬢《じょう》を見つけることよ」ジェンはそう言うと、ぱっと立ちあがった。「さがしにいこう。お嬢を見つけだせば、連《つ》れだした犯人《はんにん》もわかるはずよ」

二人は灯台《とうだい》のらせん階段《かいだん》をすばやくかけおり、台所に立ち寄《よ》って、昼食のサンドウィッチを手に入れた。お嬢の居場所《いばしょ》としてジェンが思いついたところがある。ジェンは自転車に乗るやいなや、ジークにそのことを伝《つた》えた。そして町に向かって自転車をこぎはじめた。

「フロント通りの古い幽霊屋敷《ゆうれいやしき》なら、かくし場所として最適《さいてき》じゃないかしら」とジェンはのべた。

「あんな気味悪《きみわる》い場所、だれも近寄らないし」

「でもお嬢がほえたりしたら、だれかに聞かれるだろ」

「そうだけど、まずは行ってみようよ」

町中に着くと、二人はフロント通りに入り、五〇二番地に建《た》つ古いマレー邸《てい》まで南に向かって自転車をこいだ。屋敷《やしき》の正面に立ち、とんがり屋根や、くずれかけた屋根がわら、はずれた雨戸、それに灰色《はいいろ》のペンキがはがれた壁《かべ》を、じっと見つめた。

ジェンは身ぶるいした。やっぱり、あまりいいアイディアではなかったのかもしれない。

ジークは深呼吸《しんこきゅう》をした。「さあ、行こう」実際《じっさい》の気分よりも勇《いさ》ましい声が出た。

二人は歩道に自転車をとめ、キーキーときしむ門から中へと入った。敷地に足を踏《ふ》み入れたとたん、太陽が雲にかくれて、あたり一面が薄暗《うすぐら》くなった。ぐらぐらした玄関《げんかん》ポーチへとつづく階段《かいだん》に足をかけると、うめくような音がした。ポーチの屋根には、こわれたブランコの片側《かたがわ》がまだかろうじてつながっており、風が吹《ふ》くとゆれた。

「だいじょうぶかな」ジークがきいた。

「だいじょうぶじゃないわ」とジェン。「でも手遅《ておく》れになるまえに、お嬢《じょう》を見つけださないと」

玄関のドアはなくなっていたので、簡単《かんたん》に中に入ることができた。天井《てんじょう》は高いし、窓《まど》には濃《こ》い色のほこりっぽいカーテンがかけられているため、まるで洞窟《どうくつ》の中に入っていくような気分だった。目が慣《な》れるまでしばらくかかった。

頭上から、なにかがきしむ音が聞こえた。

ジークは心臓《しんぞう》がとびだしそうになった。「今のはなに?」小声できいた。

またきしむ音が聞こえ、大きなものが落ちるような音がつづいた。

ジェンは目を大きく見開いた。「お嬢《じょう》か、でなければ幽霊《ゆうれい》ね」そう言って、ごくりとのどを鳴らした。

第十一章　幽霊《ゆうれい》？　それとも……

二人は首をかしげて、耳をすました。

「たしかめにいかなきゃ」数秒間沈黙《ちんもく》がつづいたあとでジェンがささやいた。ジェンは闇《やみ》に包《つつ》まれた二階へとつづく広い階段《かいだん》に向かった。二人は目をこらし、耳をすましながらゆっくりとのぼった。二階に着くと、足を止め、耳をそばだてた。

廊下《ろうか》左手の奥《おく》から、カサコソという音が聞こえた。ジークがその方向を指さす。ジェンはうなずき、二人そろってそちらへと歩きだした。おなかをすかせたトラとはちあわせしたら、どうしよう。ジェンは歯を食《く》いしばり、ひたすら足をまえに進めた。また同じ音が聞こえた。だんだん大きくなる。

そのとき、ジェンがゆるんだ床板《ゆかいた》を踏《ふ》んでしまった。恐怖《きょうふ》におびえるネコの鳴き声のような、キーッという音がした。ジェンの全身に寒気《さむけ》が走った。

「やってくれたな」ジークがささやいた。

カサコソいう音がやんだ。つづいて走るような足音が聞こえてきた。ジェンとジークも廊下《ろうか》をかけだした。ジグザグの廊下を走ると、下へとつづく別《べつ》の階段《かいだん》に行き着いた。二人が階段をおりようとしたところで、下からバン！　という大きな音が聞こえた。

ジェンはほこりまみれの高くて大きい窓《まど》にかけより、裏庭《うらにわ》を見た。そして息をのんだ。「ワトソン先生！」

先生が庭を横切り、裏のフェンスのすきまから這《は》いでるのを、二人はながめていた。ワトソン先生はおびえたような顔でもう一度ふりかえると、視界《しかい》から消えていった。

「先生、こんなところでなにをしてたんだろう？」とジェン。

「あちこちかぎまわっているよね。なんかあやしくない？」とジークが言った。

二人は屋敷《やしき》の中をひととおり調べたが、お嬢《じょう》もいなければ、ほっとしたことに、幽霊《ゆうれい》も見つからなかった。

外に出ると、まぶしい太陽の光に目が慣《な》れるのに、数分かかった。元どおりにきちんと見えるようになると、二人は町の通りを縦横無尽《じゅうおうむじん》に走りまわった。お嬢がかくれていそうな場所をさがして、目をこらしながら走った。

メイン通りに入ったところで、ジェンが疲《つか》れたようにため息をついた。「わたしたち、根本的《こんぽんてき》にまちがってるんじゃないかしら。もしかしたらお嬢は、ほんとうにみずから逃《に》げだしたのかもしれないし、あのトラックはヤギかなにかを運ぶためなのかもしれないよ」

ジークが軽蔑《けいべつ》するようなまなざしでジェンを見た。「なにを言いだすの？　これまでのところ、手がかりはちゃんとつながってるだろ。つじつまもあってるじゃないか」

二人は〈ミスティック・カフェ〉を左に見ながら通りすぎた。つづいてコインランドリーと〈スミス・シスターズ美容室《びようしつ》〉のまえを通る。フロント通りをわたると、ジークが感嘆《かんたん》して口笛を吹《ふ》いた。リチャーズさんのあの見事なオープンカーが、〈パーフェクト・ペットショップ〉のまえにとまっていたのだ。まばゆい太陽の光に照《て》らされて、きらきらと光っている。ジークは思わず自転車をとめ、近くでながめた。

「すごいなー」ジークがうっとりと言った。

「そうね。でも百万ドルあれば、買えるんでしょ」ジェンが冷《さ》めた口調《くちょう》で答えた。そしてまわりを見わたした。「リチャーズさんはどこかしら？」すると〈パーフェクト・ペットショップ〉の中にいた。「なにを買っているのかな。見にいこうよ」

二人は自転車を壁《かべ》に立てかけると、お店の中に入った。店内では、ペルシャネコの子を見ている人たちがいる。父親にパグがほしいとおねだりしている男の子もいる。リチャーズさんはカウンターの近くに立っていた。腕《うで》に、あざやかな青と黄色の大きな鳥をのせている。

「きれいなオウムですね」ジークが近づきながら話しかけた。

リチャーズさんはふりむくと、二人を見てほほえんだ。「これはコンゴウインコ。こんなきれいな色模様《もよう》で、しかもこんなに目がかがやいているやつは、はじめて見たよ」

自分のことを言われているのがわかったのか、コンゴウインコは軽くおじぎをするように頭を動かし、大きな声で鳴いた。

ジェンは笑《わら》った。「なかなかうるさい子ね」

「こんなの、なんてことないさ」とリチャーズさん。「鳥小屋で三十羽もの鳥がいっせいに鳴きわめいた日には、それはそれはうるさいけどね」

「こんな鳥が三十羽も？」ジークがきいた。

リチャーズさんがうなずいた。「買わずにはいられないんだ。わたしのコレクションは、ふくれあがるばかりだよ」鳥の代金を払《はら》うと、二人にホテルまで送ろうかと声をかけてくれた。

ジークはうなった。「だめなんです。自転車だから」

「じゃ、またの機会《きかい》に。あとでね！」リチャーズさんが言った。

ジェンとジークもリチャーズさんにつづいてお店を出た。リチャーズさんは助手席《じょしゅせき》に鳥かごをのせ、走り去った。

ジェンがため息をついた。「わたしたちももどろうか。なにか新しい発見があったわけでもないし、それよりなにより、もう時間がないもの」

「容疑者《ようぎしゃ》メモを書こう。人もものも、整理するには、もうこれしかない」

ホテルにもどると、二人はジークの部屋《へや》に落ち着いた。ジェンがペンと紙を取りだし、さっそく書きはじめた。

容疑者メモ

容疑者《ようぎしゃ》　偉大なるピエール

動《どう》　機《き》　サーカスの規模をより大きく、

疑問点《ぎもんてん》　内容をよりよくしたい。保険金目あて？

1. どうして自分のショーの目玉を盗んだりするのか？それだけの価値があるのか？
2. トラックの運転手と話していたのはピエール？
3. トラには保険をかけていたはず。ショーの内容を改善するには、保険金を手にしたほうがいい？
4. どうしてテラに、あてにしていると言い、どうしてテラはそれを聞いて不安そうになったのか。テラがトラを盗むのをあてにしている、ということ？
5. トレーラーをめちゃくちゃにされたと、わざとさわいでいたときにトラが盗まれたのか。だれか共犯者がいる？

容疑者メモ

容疑者《ようぎしゃ》 ワトソン先生

動《どう》　機《き》 トラがとらわれの身になっているのががまんできない

疑問点《ぎもんてん》

1. 動物をつかまえることに反対だと、みずから認めている。トラを解放してやるためなら、なんだってすると発言。

2. 演技場の裏やトラの檻の近くで、こそこそとかぎまわっていたのはなぜ？トラを逃がすため？

3. マレー邸ではなにをしていたのか？

容疑者メモ

容疑者《ようぎしゃ》　猛獣使いのテラ

動《どう》　機《き》　ピエールと共犯？

疑問点《ぎもんてん》

1. 空中ブランコの事故後、ピエールとなにを話していたのか。「わたしを信頼してください」とはどういう意味？トラを盗むから、信頼してまかせろということ？お金の話をしていたけど、あれはなんのこと？

2. トラが消えたあと、ヒステリックになっていた。あれは疑われないための演技？

3. お嬢の檻の鍵はほんとうに盗まれたのか。それとも犯人を別にでっちあげるために、盗まれたふりをしただけ？

容疑者メモ

容疑者《ようぎしゃ》 リチャーズさん

動《どう》　機《き》 めずらしい鳥を集めている。
めずらしい動物にも興味がある？

疑問点《ぎもんてん》

1. サーカスの楽屋をうろついていたのはなぜ？　サーカスとはどういう関係？

2. ネコが好きだと自分で言っていた。トラもほしいと思ってるかも。でもトラが消えた日の朝は、ずっと電話中だった。電話ばかりしているけど相手はだれ？

3. 世界じゅうを旅して、シベリアにも行っている。消えたトラはシベリアトラだ。なにか関係はあるのか？

容疑者メモ

容疑者《ようぎしゃ》 華麗なるザンビーニ

動《どう》　機《き》 主役をトラにうばわれて、ピエールに腹を立てている？

疑問点《ぎもんてん》

1. だれが空中ブランコのロープを切ったのか？

2. トレーラーで休んでいると言っておいて、どこにいたのか？

3. ほんとうに足を痛めたのか、それともショーを休むための工作だったのか。そうだとしたら、なぜ？

二人は容疑者《ようぎしゃ》メモを書きおえると、何度も何度も見なおした。でもなにも見えてこない。

「なにか見落としているの？」ジェンが考えながら言った。

ジークが机《つくえ》の上の時計を見た。「わからない。でももう時間がない！」

読者への挑戦《ちょうせん》

だれがお嬢《じょう》を連《つ》れだしたのか、わかったかな？　サーカスで起こったほかのいろいろな事件《じけん》と、同一人物のしわざなのだろうか？

この事件をていねいにふりかえってみよう。ジェンとジークが見落としている大事な手がかりが見えてくるはずだ。

時間はたっぷりある。じっくりメモを読みかえしてみよう。すべての謎《なぞ》が解《と》けたら、最後《さいご》の章を読んでみてくれたまえ。さて、ジェンとジークはちりばめられた断片《だんぺん》をつなぎあわせて、消えたトラを見つけだすことができたかな？

幸運を祈《いの》る！

解決篇《かいけつへん》

本件《ほんけん》、ひとまず解決！

「もう五時だ！」ジークが言った。「トラックは五時半に修理《しゅうり》が終わる」

「考えるのよ！」ジェンが命令《めいれい》する。

「考えてるよ！」ジークが言いかえした。もう一度容疑者《ようぎしゃ》メモに目を通す。頭のすみっこに、なにかがひっかかっている。容疑者メモに書き忘《わす》れたなにか……そうだ、リチャーズさんの指輪《ゆびわ》だ！

「どうしたの？」ジークが興奮《こうふん》してくる様子を見て、ジェンがきいた。

「トラックの所有者はピラミッド・グループだったよね」

ジェンがうなずいた。

「リチャーズさん、小指にピラミッド形のダイヤモンドの指輪《ゆびわ》をしてた！」

ジェンは顔をしかめた。「動かぬ証拠《しょうこ》とは言えないわ」

「リチャーズさんは世界じゅうを旅している。動物も好《す》きだ。そうだろ？　動物を買って集めてるじゃないか」

ゆっくりとジェンがうなずいた。「スリンキーのことも気に入ったみたいだし。あの高そうな服を毛だらけにされたのにね。それに相当なお金持ちだから、シベリアトラを買うこともできるはず」

「そのとおり」とジーク。「でも、トラは希少《きしょう》だからね。もし売ってくれる人が見つからなかったら、盗《ぬす》むしかない！」

そのとき、ジェンの顔がくもった。「でもお嬢《じょう》を盗みだすことはできなかったはずよ。リチャーズさん、金曜日の朝はずっと電話中だったから」

一瞬《いっしゅん》、ジークはだまって考えこんだ。そして指をぱちんと鳴らした。「サーカスの関係者《かんけいしゃ》の中に共犯者《きょうはんしゃ》がいるんだ。道化師《どうけし》のだれかかな。だれだろう？　お金を必要《ひつよう》としているのはだれ？」

ジェンは目をつぶって、道化師にまつわる手がかりを思いかえした。どの道化師だろう。ミッチェルによると、そんなことをしでかしそうな人はいないという。それに青いペンキのついたくつの持ち主《ぬし》は……いない。

「道化師じゃないよ」ようやくジェンが口を開いた。

「でもあの道化師のくつあとは？」

「昔の衣装《いしょう》だったでしょ。それにメイクまえのミッチェルには、わたしたちもまったく気づかなかったでしょう？　話すときに手をふるしぐさで、ようやく気づいたくらいだもの。だれかが道化師に変装《へんそう》してたのよ」

ジークの頭になにかがひらめいた。「そういえば、道化師を見かけた」ゆっくりと言った。「お嬢《じょう》がいなくなった朝だ。ほかにはだれもまだ衣装をつけていないのに、へんだなと思ったんだ。あの道化師、足をひきずってた」

「なんですって？」ジェンがするどくききかえした。

「道化師《どうけし》を見かけた――」

「足をひきずってたって言ったわよね？」

「そうだけど……」

「サーカスの中で足をひきずっているのはひとりしかいない」

ようやくジークも気づいた。「ザンビーニさんだ！」

ジークはおそるおそる時計を見た。五時七分。

ジェンも同じように時計を見た。そしてぱっと立ちあがると、ドアへ向かった。

「どこへ行くの？」ジークが声をかける。

ついてきて、とジェンは身ぶりで示《しめ》した。急いで階段《かいだん》をおりる。ジェンは息の合間に、手短《てみじか》に自分の計画を話した。「トラックよ。荷台にもぐりこむの。あのトラックはお嬢《じょう》を拾いにいくはず。そこでお嬢をつかまえるの。それしかない。町から連《つ》れだされるまえに、お嬢を保護《ほご》しなくちゃ」

ジークはジェンの腕《うで》をひっぱり、足を止めさせた。「頭おかしいんじゃないの？」ときつく言う。

「じゃあ、なにかほかにいいアイディアでもあるわけ？」ジェンはふたたび歩きだしながら、ききかえした。

ジークはむっとした。ほかにいいアイディアなどない。でもトラの餌食《えじき》にもなりたくない。そこでとっさに思いついて、台所にあるハチの巣《す》の形をした電話のまえで立ち止まった。

「なにしてるの？」ジェンがきいた。「電話なんかかけているひまはないわよ」

ジークは、ちょっとだけ待って、と身ぶりをした。そしてトミーの番号にかけた。話し中だ。もう一度かけなおす。まだ話し中だ。そこでステイシーの番号にかけてみた。呼《よ》び出し音が二回鳴ったところで、ステイシーが電話に出た。

言葉につまりながらも、ジークは必死《ひっし》になって事情《じじょう》を話した。「ピエールをさがして、あと警察《けいさつ》に連絡《れんらく》して。トミーのおじさんの修理《しゅうり》工場にあるトラックを尾行《びこう》させるんだ。車体の側面《そくめん》に黒い三角形が描《か》いてあるトラックだ。ピエールには、いなくなったトラに会える、と伝《つた》えて！」

ステイシーが質問《しつもん》を浴《あ》びせはじめた。だまっていたらいつまでもしゃべりつづけることは、ジークもわかっている。「じゃ、たのむよ」とさえぎった。「命がかかっているんだからね」ぼくたちの命がね、と思いながら電話をガシャンと切ると、ジェンを追いかけた。

茶色いウェーブがかかった髪《かみ》をなびかせ、ジェンは自転車で坂をかけおりると、修理《しゅうり》工場へ向かった。死に物狂《ぐる》いでペダルをこいだ。トラックがすでに引き取られていないことを祈《いの》る。

角を曲がると、ジェンがほっとため息をついた。トラックはまだある！　二人は自転車を乗り捨《す》てると、だれにも見つからないように体をかがめ、トラックにかけよった。ジークは荷台の扉《とびら》をほんの少しだけ持ちあげ、中に入るとようやくひと息ついた。扉を閉《し》めると、荷台は暗闇《くらやみ》に包《つつ》まれた。

ジークはほっとして深呼吸《しんこきゅう》をした。

「運転手が出発まえに荷台をチェックしなければいいけど」とジェン。車が出発するときにころがらないようにと、壁《かべ》に寄《よ》りかかった。

ジークはうなった。「やばい。それは考えてなかったな。お嬢《じょう》を乗せるために運転手たちがこのドアを開けたら、ぼくたちはどうするの？　歓迎《かんげい》はされないだろうな」

「心配ないわ。ステイシーが警察《けいさつ》を呼《よ》んでくれるから」

とそのとき、トラックのエンジンがかかった。ジェンは体をかたくした。トラックはバックしたあと、道路に出て左折《させつ》した。どこに向かっているのか突《つ》き止めようとしたが、何度か左折や右折をくりかえすうちにわからなくなってしまった。

とつぜん、トラックが右に大きくかたむいた。でこぼこ道を通っているのか、ジェンは頭を壁《かべ》にぶつけてしまった。やがてトラックは乱暴《らんぼう》に止まり、エンジンも切れた。

ジェンはその場でかたまっていた。最高《さいこう》の計画だと思っていたのに、ふいに不安に襲《おそ》われた。外で声が聞こえる。だれかが後部ドアの取っ手をにぎり、持ちあげた。ガタガタという大きな音とともに、荷台のドアが上に開いた。ジェンとジークの目は、外に立っていたリチャーズさんとザンビーニさんに、くぎづけになった。

ジークは怒《おこ》った顔の二人の後方を見た。警官《けいかん》はどこにもいない。もうだめだ！

ジェンは自分たちがどこにいるのか、すぐにわかった。そうか！　だれも使わなくなった古い

競技場《きょうぎじょう》。おそろしい展開《てんかい》が容易《ようい》に想像《そうぞう》できた。もし警察《けいさつ》がこのトラックを尾行《びこう》していなかったら？　二人がここにいると、思いついてくれる人などいるだろうか？

「そこでなにをしているんだね？」リチャーズさんがきつい口調《くちょう》できいた。

「ぼくたち、あの――その――」ジークが口を開きかけた。

「すべてお見とおしよ」ジェンは近くの波の音に負けまいと大きな声を出した。「逃《に》げられやしないんだからね」

リチャーズさんの顔にゆっくりと笑《え》みが広がった。ポマードでなでつけた髪《かみ》に、片手《かたて》を走らせた。「それが逃げられるのさ。これまでもそうしてきた。いったいどうやって、あんなにたくさんのめずらしい生き物を集められたと思っているのかね？」

ザンビーニさんはその横で、不安そうなおももちで立っている。

リチャーズさんの笑顔《えがお》がいじわるくなった。「お嬢《じょう》を連《つ》れてこい」

ザンビーニさんの顔が青ざめた。「その子たちはどうするんですか？」

「そうだな」とリチャーズさん。「お嬢の中に野生の本能《ほんのう》が残《のこ》されているのか、試《ため》してみようじゃないか」

ジェンは息をのんだ。

「そんなことをしたら、そっちが困《こま》ったことになりますよ」ジークがきっぱりと言った。

ジェンはおどろいてジークを見た。なんでこんなにも自信《じしん》たっぷりなんだろう。とそのとき、ジークがすでに耳にしていたにちがいない音が、かすかだが聞こえてきた。サイレンの音だ！リチャーズさんやザンビーニさんの耳にも、すぐにとどいたようだ。でももはや逃《に》げられない。

パトカーが二台、砂利《じゃり》道をおりてきて、二人を囲《かこ》むようにして止まった。そのすぐうしろからはサーカスのライトバンが来て、砂《すな》ぼこりをたてながら止まった。ピエール、スティシー、ワトソン先生、そしてテラが出てきた。警官《けいかん》はまずリチャーズさんとザンビーニさん、そして運転手に手錠《てじょう》をかけた。

「さあ、最初《さいしょ》から説明《せつめい》してもらおうか」警官がどなるように言った。

「わたしたちが説明します」ジェンが進みでた。ジェンはいかにして手がかりを分析《ぶんせき》し、お嬢《じょう》誘拐事件《ゆうかいじけん》の犯人《はんにん》の特定《とくてい》にいたったのかを説明した。全員を見まわし、さらにつづけた。「ただ、このだれも使わなくなった古い競技場《きょうぎじょう》が、かっこうのかくし場所になるとは考えもしませんでした。でもたしかにそうですよね。新しい競技場ができてからは、だれもこの場所には来ない。だからお嬢《じょう》の姿《すがた》も見られることがない。それに大西洋の波の音が、声や物音をかき消してくれる」

ジークは、お嬢の綱《つな》をしっかりとにぎっているテラのほうを向いた。大きなトラは、テラの足元で静《しず》かに横たわっている。「あなたも疑《うたが》ってたんです」ジークは白状《はくじょう》した。

テラは緑色の目を大きく見開いた。「わたしを？　どうして？」

「ピエールと言い争《あらそ》ってるのを聞いてしまったんです。お金のことはだいじょうぶって」

テラはにっこりと笑《わら》った。「お嬢がいればもうかるって、ピエールに約束《やくそく》していたのよ」かがみこんでトラの耳のあたりをかいてやった。「これでもなかなかいいコンビなのよ」

「サーカスも不振《ふしん》でね」とピエール。「チケットの売りあげをのばすためには、新しい曲芸《きょくげい》が必《ひっ》要《よう》だった。テラの曲芸では、それがかなうかどうか心配だったんだ」ピエールが少し恥《は》ずかしそうに言った。「いらいらしていて、態度《たいど》が悪かったね」

ジェンがザンビーニさんと向きあった。「檻《おり》の鍵《かぎ》をテラから盗《ぬす》んだのは、あなたですよね？」

ザンビーニさんがうなずいた。だれとも目を合わせたくないのか、顔をあげようとしない。

「新しい曲芸《きょくげい》に嫉妬《しっと》して、それでぶちこわそうとしたんですか？」ジークがたずねた。

「ちがうちがう」ザンビーニさんは少しなまりのある言葉で、あわてて反論《はんろん》した。「息子《むすこ》のためにお金が必要《ひつよう》だったんだ。獣医学部《じゅういがくぶ》にいるので、お金がかかる。獣医になりたいという息子の夢《ゆめ》を、かなえてやりたかった。でも経済的《けいざいてき》にはとてもそんな余裕《よゆう》はなかった。リチャーズさんならあのトラに十万ドル払《はら》うとだれかから聞いて、心に決めたんだ」

「自分で自分のロープを切断《せつだん》したのね」ジェンはつぶやいた。「そしてほかにも、道化師《どうけし》の衣装《いしょう》をかくしたり、ピエールのトレーラーを青く塗《ぬ》ったり、ちょこちょこと事件《じけん》を起こした」

「そのとおり」ザンビーニさんも白状《はくじょう》した。「いろんなことが起きて、そのうちのひとつが自分にも起きていたら、あやしまれないだろうと思ったんだ。だれかがサーカスをめちゃくちゃにしようとしている、としか思わないだろうと」

ジェンとジークはちらりと視線《しせん》を交わした。「まんまとひっかかっちゃった」とジェン。「ジークが足をひきずっていた道化師のことを思い出して、ようやくあなたが思い浮《う》かんだんです」

ジークはリチャーズさんを見た。「あなたは銀行家だとばかり思ってました」

「どうして銀行家なのかね？」とリチャーズさん。

「投資《とうし》の話をしているのを聞いて」とジェン。「最高《さいこう》の投資だって、言ってましたよね」

リチャーズさんはまゆをひそめた。「あれはウサギの話だよ」

ジェンは首をふった。「ウサギ？」

「ウサギを買い占《し》めろと言ってたんだ。株《かぶ》やなんかじゃない。ものすごくめずらしい模様《もよう》のオスのウサギを数羽《わ》、業者《ぎょうしゃ》が見つけてきたんだ。それをコレクションに加《くわ》えたくてね」

「そんなに動物を集めて、どうするんですか？」ステイシーがきいた。ノートとペンを出してスタンバイしている。

リチャーズさんは肩《かた》をすくめた。「べつにどうもしない。集めているだけさ」

「動物園のように？」ステイシーがしつこく質問《しつもん》する。

「個人《こじん》動物園ってところかな」とリチャーズさん。「ほかの人には見せたくないんだ」

「もうじゅうぶんだろう」警官《けいかん》が言った。そしてリチャーズさんの腕《うで》をひっぱった。「きみたち三人を逮捕《たいほ》する。署《しょ》まで同行してもらおう」

三人が去ると、ジェンはワトソン先生のほうを向いた。「先生はここでなにをしてるんですか？」

ワトソン先生は気まずそうに言った。「電話があったとき、ちょうどサーカスにいたの。お嬢《じょう》が見つかったかどうかを知りたくて。それで、だれかになにか言われるまえに、ライトバンに乗りこんで、ここに来たのよ。とにかくお嬢が無事《ぶじ》かどうかをたしかめたかったの」

「でもマレー邸《てい》にいたのはどうして？　ぼくたち、先生を見かけたんです」とジーク。

「あれはあなたたちだったの？」ワトソン先生は大声を出し、それから笑《わら》った。「あれはほんとうにおどろいたわ。あなたたちと同じように、わたしもトラをさがしていたの。お嬢が虐待《ぎゃくたい》されているんじゃないかと心配で」

テラが舌打《したう》ちした。「お嬢の体を調べましたが、健康《けんこう》そのものです。さいわい、虐待などはされなかったみたいです」

お嬢は大きな頭をテラの足にすりよせた。「わたしもさびしかったわ」テラは笑いながら言った。

ワトソン先生がため息をついた。「お嬢《じょう》はほんとうにあなたのことが好《す》きみたいね」

「もちろんですよ」とテラ。「小さな赤ちゃんのころから育ててきたんですもの。毛皮を取るだけの目的《もくてき》で、白トラを違法《いほう》に育てようとしていた悪人たちから、救《すく》ったんです」

「なんてひどい」とワトソン先生。「あなたといっしょにいたほうが、幸せなのね。大さわぎしてしまってごめんなさい」

テラは手をふってワトソン先生の謝罪《しゃざい》をさえぎった。「いいんですよ。それにご安心ください。わたしにとって、お嬢はまるで女王さまですから」

ステイシーがテラに近づいた。「あなたはどこのお生まれですか？」

テラはとまどっている。「それがどうかしたの？」

「わたしの記事の背景情報《はいけいじょうほう》ってところかしら」ペンをかまえて、ステイシーが説明《せつめい》した。

「いつもスクープを追いかけてるもんね」ジェンが笑《わら》いながら言った。

「さあ、サーカスに行こう」とジーク。「いろいろあったから、まだほとんど楽しんでないよ」

「トミーもさがさなきゃ」とジェン。
ステイシーがにやっと笑《わら》った。「さがさなくても、すぐに見つかるわよ」
「食べ物の露店《ろてん》だ！」ジェンとジークが声をそろえると、みんながドッと笑った。

道化師《どうけし》の笑《わら》いで明るい未来を——訳者《やくしゃ》あとがきにかえて

双子《ふたご》探偵《たんてい》ジークとジェンの学校にサーカスがやってきた！　広い校庭の中央にはサーカスの大テントが組み立てられ、そのまわりには移動《いどう》遊園地が設置《せっち》されました。観覧車《かんらんしゃ》やジェットコースター、おばけ屋敷《やしき》まであります。もう勉強どころではありません。はじめてサーカスを観賞《かんしょう》したジークとジェンも、すっかり気に入ってしまいました。金曜日には先生たちの粋《いき》な計《はか》らいで授業《じゅぎょう》は短縮《たんしゅく》され、子どもたちもめいっぱいサーカスや遊園地を楽しめることになりました。ところが、空中ブランコで綱《つな》が切れるハプニングにつづき、サーカスの目玉であるトラがこつぜんと姿《すがた》を消してしまったのです。二人の探偵魂《だましい》に火がつきました。友だちになったサーカスの道化師の少年とともに、真相解明《かいめい》に乗りだします。さあ、二人はなにか手がかりをつかめるのでしょうか。

学校の敷地《しきち》内にジェットコースターや綿菓子《わたがし》の露店《ろてん》が出るなんてうらやましい話ですが、アメリカの人々にとって、サーカスの熱気《ねっき》や華《はな》やかさはまさに夢《ゆめ》とあこがれなのです。アメリカのサーカスといえば、日本にも来たことのある、「地上最大《さいだい》のショウ」というキャッチフレーズのリングリング・ブラザーズ・アンド・バーナム・アンド・ベイリー・サーカスが有名ですが、これはまさに一大エンターテイメント。十頭近い象《ぞう》がまえの象の背中《せなか》に足を乗せて一列になる曲芸《きょくげい》が、いちばんの目玉です。こちらは毎年、アメリカの大都市のアリーナでショーを展開《てんかい》していますが、郊外《こうがい》などに住む人たちにとっては縁《えん》遠い話。もっと身近で、気軽に楽しまれているのが、本書で登場するような移動《いどう》遊園地とサーカスなのです。今でこそ映画《えいが》やインターネット、テレビゲームなど楽しい余興《よきょう》がほかにも増《ふ》え、人気が低迷《ていめい》しているといわれていますが、ひと昔まえはまさに子どもたちのあこがれでした。実際《じっさい》、マーク・トウェインの『トム・ソーヤーの冒険《ぼうけん》』で、少年トムは初恋《はつこい》の相手ベッキーに、自分にとってサーカスはあこがれであり、その中でも道化師になることが最大の夢なのだと語っています。

サーカスの目玉といえば、空中ブランコだったり、猛獣《もうじゅう》使いによる曲芸だったりするのですが、観《かん》客《きゃく》がいちばん親しみを抱《いだ》き、楽しみにしているのが道化師《どうけし》。アメリカではクラウン（clown）と呼《よ》ばれています。日本では「ピエロ」と呼ばれることが多いのですが、「ピエロ」とはもともとイタリアの喜劇《きげき》に登場する役柄《やくがら》の名前です。その役はぺらぺらの白い衣装《いしょう》を着て、顔を白く塗《ぬ》り、人を笑《わら》わせる一方で、ちょっぴりさびしげな表《ひょうじょう》情をするものでした。そのせいか、わたしは「ピエロ」と聞くと、哀愁《あいしゅう》をおびた人物像《ぞう》を想像してしまいます。一方の「クラウン」は陽気で楽しさをまき散《ち》らしてくれる、とことん笑《わら》いを追求《ついきゅう》する存在《そんざい》として受け入れられています。「クラウン」の語源《ごげん》は英語《えいご》で「まぬけ」「田舎《いなか》もの」などを意味するクラッド（clod）だといわれています。十七世紀ごろに王さまの道化役《どうけやく》としてはじまったといわれる「クラウン」は、そのあかぬけないイメージが人々に好《す》かれ、世界じゅうに笑いをもたらしてくれる人気者となったのです。

その「クラウン」にも、漫才《まんざい》でいうところの「ボケ」と「ツッコミ」があるのをご存《ぞん》じですか？「クラウン」には大きく分けると、顔全体を白く塗《ぬ》るクラウンと、口や目のまわりだけを白く塗る赤い鼻のクラウンがいます。顔を白く塗っているクラウンは頭がよさそうで、どこか気取っています。そして鼻の赤いクラウンになにかと命令《めいれい》するのですが、赤いクラウンは言われたこととはちがうことをして、白いクラウンに怒《おこ》られてしまいます。いわゆるおどけ役です。水をかぶってびしょぬれになったり、ズボンがずり落ちてパンツ姿《すがた》になってしまったりするのが鼻の赤いクラウンなのです。もし次にサーカスに出かける機会《きかい》があれば、道化師《どうけし》たちの顔にもちょっと注目してみてください。鼻の赤いクラウンはとぼけたことばかりしていますが、最後《さいご》にガツンとやられるのはちょっと気取った顔の白いクラウンだったりするのです。そこがまた笑いをさそうのでしょうね。

笑いをもたらしてくれるクラウンたちが今、サーカスや遊園地とはかけはなれた場所で、注目され、必要《ひつよう》とされていることは、まだあまり知られていないかもしれません。それは病院、おもに小児病院《しょうに》なのです。オランダでは一九九〇年代より、クリニクラウン（診療所《しんりょうじょ》を意味する「クリニック」とクラウンとの造語《ぞうご》）として、道化師《どうけし》が子どもたちの病室を訪問《ほうもん》し、遊びとユーモアをとどけ、子どもたちの笑顔《えがお》を育《はぐく》む活動をはじめています。笑《わら》いには、癒《いや》しの効果《こうか》があるといわれています。楽しければ笑う。その逆《ぎゃく》もまた真《しん》なりで、笑えば楽しい気分になる。笑いには想像《そうぞう》以上の力があるようです。実際《じっさい》、気分がしずんでいるときでも、なにかのきっかけで笑いだすと、いつの間《ま》にかすっかり元気になったりすることがありますよね。その意味で、病気治療《ちりょう》のために長期入院を余儀《よぎ》なくされ、制限《せいげん》された生活環境《かんきょう》の中で、子どもたちが子どもらしい時間をすごすことができること、思いっきり笑い、おどろき、不思議《ふしぎ》に思ったりできることは、医療技術《いりょうぎじゅつ》ではもたらすことのできない大きな効用があるのでしょう。

子どもとは本来、家族や学校、友人関係《かんけい》の中で、喜怒哀楽《きどあいらく》を経験《けいけん》し、成長していくものです。病院ですごす時間が長くなれば、このあたりまえの経験がかぎられてしまいます。そこへクラウンが、そうした生きることを豊《ゆた》かにしてくれる要素《ようそ》をいっぱい運んでくれるのです。クリニクラウンも徐々《じょじょ》にですが、日本に根づきはじめています。子どもたちの明るい未来のためにも、笑いややさしさをもたらし、人を元気づけてくれるクラウンの活動を応援《おうえん》していきたいと思います。

双子《ふたご》探偵《たんてい》のジェンとジークも、親友のスティシーやトミー、さらにはビーおばさん、ウィルソン刑事《けいじ》など、多くの人たちとともに、毎日を楽しくすごしています。ジェンの親友スティシーは学校新聞の記者として活躍《かつやく》し、ジークの親友トミーはなによりも「食」にこだわる元気もの。第五巻《かん》ではミスティックで、大きなヨットレースが開催《かいさい》されます。ところが、ミスティック沖《おき》で不思議《ふしぎ》な船影《せんえい》が目撃《もくげき》されました。この一帯《いったい》は、魔物《まもの》がひそみ、船をひと飲みにしてしまうと、おそれられている海域《かいいき》です。あれは幽霊船《ゆうれいせん》なのか？　ヨットレースの結果《けっか》はいかに？　ヨットが大好《だいす》きなジークを中心に、双子探偵は友人・仲間《なかま》とともに、次々に起こる不可解《ふかかい》な事件《じけん》の背景《はいけい》を明らかにしようと奮闘《ふんとう》します。お楽しみに！

二〇〇六年八月

早川書房の児童書〈ハリネズミの本箱〉

〈双子探偵ジーク＆ジェン④〉

消《き》えたトラを追《お》え！

二〇〇六年九月十日　初版印刷
二〇〇六年九月十五日　初版発行

著者　ローラ・E・ウィリアムズ
訳者　石田理恵《いしだりえ》
発行者　早川浩
発行所　株式会社早川書房
東京都千代田区神田多町二ノ二
電話　〇三‐三二五二‐三一一一（大代表）
振替　〇〇一六〇‐三‐四七七九九
http://www.hayakawa-online.co.jp
印刷所　株式会社精興社
製本所　大口製本印刷株式会社

Printed and bound in Japan
ISBN4-15-250043-3　C8097

容疑者メモ

容疑者《ようぎしゃ》

動《どう》　機《き》

疑問点《ぎもんてん》